終活なんてまだまだ早い！

人生は還暦から！

小山内美江子
MIEKO OSANAI

ヨシモトブックス

人生は還暦から！

終活なんてまだまだ早い！

はじめに　～遺書というには仰々しいけれど～

人にはそれぞれ、〝人生の転機〟というものが訪れる。たとえば就職、結婚、出産、ついでに離婚。さらには親との訣《わか》れなど、この先どうしようかと自分の生き方を改めて考えるときが転機と言えるだろう。

六十歳・還暦はよく「第二の人生のスタート」と表現される。今でこそ、定年延長や継続雇用制度の導入により、六十歳になってもなお、現役バリバリという人も増えたが、それでもやはり還暦という節目に、「自分はこの先どう生きていくべきか」と考える人は多いようだ。

脚本家として生計をたてていた私も、まさにそうだった。ＮＨＫ連続テレビ小説『マー姉ちゃん』をはじめ、ＴＢＳ『3年Ｂ組金八先生』、ＮＨＫ大河ドラマ『翔ぶが如く』の執筆など、何年も忙しい毎日を送っていた。

そんな中、還暦を迎えた一九九〇年、介護をしていた母が亡くなった。息子はすでに独立をしていたし、私の第二の人生は、健康である限り、「自分の時間とお金は自分のために使う」と決めた。母との訣れは予想以上に寂しかったのだ。

その矢先に、遠い中東で湾岸危機が起こり、私はボランティアとして海外に踏み出していくことになる。

最初は老若七人のグループだった。「継続こそ力なり」とは、朋友・故二谷《にたに》英明《ひであき》氏の殺し文句だが、まさにそのとおりで、今では学生くんから同世代まで、また国籍も関係なく、中東では多くの新しい仲間たちに出会うことができた。

そして私が代表を務めることになったＮＰＯ「ＪＨＰ・学校をつくる会」も誕生し、気がつけばカンボジアの村々に三百五十棟以上の学校を建て、ネパールには十四棟。さらに、二〇一八年には二十五周年という嬉しい節目も迎えた。

同時に私は、救援活動を通じて、六十歳まで生きるのはどれほど大変なことか、世界のあちこちで還暦の意味の大きさを実感もした。

生まれて五分もこの世にいられずに死ぬ赤ん坊がいる一方、日本は超高齢化社会に突入し、「人生百年時代」が現実のものになろうとしている。だからこそ日本人は、もう一度、還暦後の生き方を本気で考えてみる必要があるのではないか。新しいチャレンジを恐れることはない。いくつになっても学ぶこと、得ることはたくさんあるのだから。

おかげさまで私は、還暦のあとのおつりの時間に、人生をますます豊かにしてもらえた。もう思い残すことはない。

と言いたいところだが、困ったことに、さまざまなニュースに触れるたび、今の日本、日本人に「待った！」をかけたくなることもしばしば。

世相を切り取ってドラマを生み出してきた脚本家は、まだまだ健在。「いけない！」と思ったことは、どんどんドラマにしていくつもりだ。

母が亡くなったのが九十一歳。その年まであと三年と近づいた今、遺書と言うには仰々しいが、現代に思うことを改めて書き記しておきたい。

第一章　還暦からの海外ボランティア

第二章　金八流教育論　47

第三章

シングルマザーの子育て論

第四章　日本人へ――私の遺言

第一章

還暦からの海外ボランティア

『西郷どん』と『翔ぶが如く』

私の人生の転機となった還暦、一九九〇年に執筆した脚本が、『翔ぶが如く』。司馬遼太郎先生の原作で、この作品の主人公は、明治維新の立役者・西郷隆盛と大久保利通だ。

ちょうど今、NHK大河ドラマでは『西郷《せご》どん』を放映中だが、実は私は、心中、悩みが深くなっている。

基本的に、他人の作品についてああだこうだと論じるタイプではないけれど、「新しい視点で描いた」のだとしてもあれは困る。いくら新しい――でも、ドラマだからなにを書いてもいい？　そんなわけはないと悩む。

『大河ドラマ』と銘打ち、実在する人物の一生を描くのだから、史実としてハッキリしていることだけはねじ曲げてはいけない。それがまかり通ってしまえば、間違った情報をさも真実のように勘違いしたまま大人になってしまう子どもだっているだろう。

たとえば、国許《くにもと》にいた薩摩藩主島津斉彬《しまづなりあきら》が江戸から至急呼び返されて、若き日の西郷吉之助《きちのすけ》もお供の一人になった。吉之助はもちろん、江戸に行けるなんてと一家あげての大喜びだったが、それに水をかけた者がいた。吉之助の妻である。

「我が家には三十両などという大金はございもはん」

けれど、現金がないと言って家臣がお供を断れるのだろうか。そんな話は聞いたことがないし、お供がかなわないときは切腹で申し開きをするが、そもそも吉之助の給料は石高によって記されている。つまりお米の量である。しかしながら家臣が江戸行きに身銭を切るなんて、これも聞いたことがない。

すべて薩摩藩の出費である。そもそものこの費用は「参勤交代」という制度によるもので、正式には三代将軍の頃からの決まりであって、財産を各藩に蓄えさせないための幕府の一計なのである。

「参勤交代」の四文字熟語は耳に響きよく、私は小学生のときに社会科の先生に聞いていたが、指折り数えたら『翔ぶが如く』を執筆してから今日まで三十年近くが経っていて、呆然となった。ＮＨＫスタッフもその三十年をどのように過ごしていたのだろうか。

そのあたりの時代考証がぐちゃぐちゃで、天下の公共放送たるものがどういうことだ、と私の悩みが深くなっていくのだ。

私が『翔ぶが如く』を執筆する以前にも、同じような思いをしたことがある。ドラマの中で、来客の家に不幸があったことを知ったシーンで、主人公が「ふくさに包んだものを出す」とト書きに書いた。当時は、編集された映像を事前にチェックすることはできなかったから、私も放送で初めて件《くだん》のシーンを見ることになる。すると、なんとふくさがきれいな赤で、飛び上がるほど驚いたが、すぐにスタッフに「なぜ？」と聞いたら、

「だって、先生の脚本にふくさとあったから」

「あのネ、ふくさには祝儀・不祝儀があって、今回は不祝儀なのよ。不祝儀に赤色のふくさは使わない。黒とか濃い紫です」

これではこれからの若いＡＤ（助手）たちが時代劇だけではなく、昭和の頃のことまで分からなくなると危機感を持った私は、さすがに残すべきしきたりのことなども脚本に入れるようにした。

そしてあるとき、台本に「今日のお客様には水菓子をお出ししましょう」と書いて、ふと隣にいた若いＡＤを見た。

「水菓子って、なにか分かる？」

「えーと、水ようかんですか？」

「ううん、フルーツよ。日本語で書いてあるのに、英語で言ったら分かるなんて日本人もおかしくなったみたい。だから、今、ひとつ覚えたら、それを君の後の人に伝えていきなさい」

おせっかいかもしれないけれど、正しいことは正しい、間違っていることは間違っているときちんと伝えることは、年寄りの務めではなかろうか。

そこで話を戻すが、歴史上の人物の生涯を面白く、ダイナミックに描くのが大河ドラマだ。登場人物はすでに亡くとも、その家系は脈々と続き、今を生きる子孫がいて、自分のご先祖がどのように描かれているのかを気にする人もいる。実際、私もそういう方に出会ったことがある。島津貴子《しまづたかこ》さんだ。

今上天皇の妹君で、久光を祖としている島津家に嫁がれた。ドラマでは、斉彬と久光が登場し、久光は仇役に描かれることが多い。貴子さんはやはりそこを気にしておられたのだ。

ゆえに、事実は事実として変えるべきではないが、史実にはない部分で、自由な発想力を駆使して情愛のある人間模様を描くのが、作家の腕の見せどころだと思う。

『翔ぶが如く』の原作者が司馬遼太郎先生だったように、『西郷どん』にも原作者がいる。しかし首を傾げる部分が多すぎると、「それでいいのかＮＨＫ！」と大きな声で言いたいが、当家ではすべて母の教えが優先された。

第一章
還暦からの海外ボランティア

司馬遼太郎先生と大河ドラマ「翔ぶが如く」の打ち合わせの席で

母の教えを胸に第二の人生が幕を開ける

ボランティアに踏み出した私の第二の人生を語るうえで欠かせないのが、母という怖い存在だ。けれど母は怖いだけではなく、とても優しい人だったが、四人の我が子にはものすごく厳しかった。だから「怖い」と「厳しい」とは別物だと、私たちは小さい頃から了解した。

兄ふたり、弟ひとりに私の四人きょうだいで、なおかつ蒲鉾《かまぼこ》製造問屋を営んでいたから、職人さんに若い衆、そして地方から奉公に来た小僧さんと、家の中が男だらけだったこともあり、ケンカもしょっちゅうだった。そんなとき、兄が弟を殴ったり、あるいは兄たちとほぼ同じ年齢の小僧さんをバカになんかしようものなら、そこへ座れと一喝されて、

「弱い者イジメをしてはならない！」「嘘をついてはいけない！」

とにかく「他人さまに後ろ指をさされるような生き方をしてはならない」というのが、母の教育だった。店には血気さかんな若い従業員たちがいて、あのくらい恐ろしげでなければ不満や争いはおさめられなかったのだと今、思う。

私の少女時代、同じような小僧さんがごちゃごちゃいたので、当然お叱り誤爆はいつものことで、ひとりだけウロウロと逃げるタイミングを逃した女の子が目に留まって、ダダーンと雷が落ちてくる。

「それ、私がやったのではない！」と主張しようものなら、「親に口答えは許さない！」という叱責が追いかけてくるから、パッと両手をついて、

「ごめんなさーい！」

「非を認めたならばおさまること……」を実行したのだから、母はそれ以上は子どもを追い詰めない。けれど、私の内心はおさまらない。嘘をついてはいけないのだから、なんとしても名誉は回復しなければと思って、そのチャンスをうかがう。そして母が豌豆（エンドウマメ）の筋をむいているときなど、しおらしくその隣に座って手伝い

ながら、口をきる。

「ねえ、あのときのあれは私ではなかったのよ」

「あら、そう?」

母にはもうとっくに終了したトラブルだったようで、あっさりとしたものだ。認めてくれたらそれでよい。被害者である私の方も名誉が回復すれば、それでよい。けれど誤爆されているときの恐ろしさはどうしてくれる? と言いたいがそれはできなかった。

私は長いこと、それらの教えと叱責は母の個性だと思っていた。だが、違った。それは『翔ぶが如く』の取材中に、西郷隆盛をはじめ大久保利通、大山巌ら「維新の傑物」を育てた鹿児島・薩摩藩の伝統的な教育法「郷中《ごじゅう》教育」によるものと知った。母の教えがすべてその中に詰まっていたのである。

母は、薩摩の女だった。母の実家を「峠の茶屋」と人は呼んで、狩りに出た殿様やお供の西郷どんも休憩し、または泊まったらしい。明治六年の政変で故郷に帰ってきた西郷さんが狩猟に出たときに愛犬をつないだという柱が残っていた。家の間取りは決して立派ではなかったが、上段の間というのが二ヶ所もあって、とても変な型と思ったものである。

そのようなことを考えていたら、私に『翔ぶが如く』の執筆依頼があった。母は九十歳を迎えた頃から、急速に衰えを見せ始め、「もう充分に生きたのだから、いつ逝ってもいい」などと気の弱いことを口にする。

そんな不安定なときに舞い込んできた依頼だった。準備を入れたら一年半を越すことを考えると、母の介護との両立はなかなか難しい。けれど私は、なんとか母を元気づけたかった。

「私は鹿児島のことはほとんど分からないんだから、最後までいろいろと教えてくれるなら書くわよ」

公共放送に私事を持ち込むのはけしからんことだと理解していつつも、近い将来、人生の終わりを告げるであろう母と一緒に、この作品と向き合いたかったのだ。

しかし、母は『翔ぶが如く』の最終回を見ることなく、旅立った。九十一歳。自宅の自分のベッドの上で寝込んでから十日目、枯れるような大往生だった。

胸にポッカリと穴が開いたような、言いしれぬ寂しさに襲われたが、同時にホッともしていた。

子育てのあとは介護をしながら、同時に一家の大黒柱として収入も得なければいけない私は、ずっとこれまで突き進んできたけれど、この先は今までにやれなかったことをやろう。

そんなふうに考えながら、脚本もあと二週分となった一九九〇年八月二日、イラクによるクウェートへの武力侵攻が始まった。いわゆる湾岸危機である。

それが湾岸戦争になり、クウェートの油を守るため、アメリカを中心とした多国籍軍なるものが結成された。

このとき、先進国で多国籍軍に参加しなかったのは、日本とドイツだった。

その後PKO協力法が成立し、二〇一六年には、人の命を軽視しているのかと文句も言いたくなるような「駆けつけ警護」なんてものが自衛隊の活動に追加されてしまったけれど、湾岸戦争当時も日本は軍隊を持っていないし、武器を持ち国外に出て戦うのは憲法によって禁じられている。

その代わりとして、経済制裁に参加すると同時に、百三十億ドルという巨額の戦争支援金を提供した。

戦争ほど金食い虫はなく、お金がなければイラクに圧力もかけられない。にもかかわらず、日本は世界中から大バッシングを受ける。

「金だけ出して、血も汗も流さない国」

「薄ら笑いの顔も見せない日本人」

冗談じゃない！　戦争を体験し、その悲惨さを身に染みて知っている私としては、ケンカをしたこともないアラブの若者に血を流させたくはないし、まして日本の若者の命が奪われるようなことは大反対だ。

しかも日本は金銭面で大いに貢献しているのに槍玉にあげられていて、母の教えとはまさに正反対で後ろ指をさされている状態だ。

けれど、「誰の血も流すのはイヤだが汗なら流せる」ということで、「こんな顔でよかったら、見てくださいい日本人の顔を」というノリで、私はイラクから命からがら逃げてきた人々が集まったヨルダンの難民キャンプへ飛ぶことにした。

これが、私の第二の人生の第一歩、海外ボランティア元年である。

ヨルダンへ行こう！　と勇んだものの、旅行や取材で海外は何度も経験しているが中東は初めて。しかも今回は、観光ではない。だから万が一のことを考えて息子に伝えたら、自分も参加するという。

慌てましたね。だから、「あなたはまだまだ若い。でも私は還暦だから、楢山節考の世界なら、あなたの背中へおぶさって山へ行き、一番寒そうなところへ置いてきてもらえばいいの」と言うと、

「還暦、還暦と偉そうに言うけど、そもそも英語に弱いでしょ」

と一番痛いところを突かれてしまった。昭和十八年、私たちは女学校に進学したとたん、英語は教えてはならない――ということで、以来、今日まで英語には縁がなく生きてきた。

そんなわけで、私より年の若い友人と助手を含む七人で成田を飛び立った。

全員、海外ボランティアは素人だったが、仕事はいくらでもあった。一日三食の食事配布の手伝いや、毛布の日光浴、オフィスの掃除に、難民となった人の話相手。私たちは、存分に汗を流した。

あれだけ日本はバッシングを浴びていたけれど、現地のキャンプではボランティアと難民の誰もが好意的だった。日本人を見たのは初めてだという人には「どんなことをしても戦争になってほしくないと思っている日本人はこういう顔をしていると見てもらいに来たのよ」と交流を深めた。

それにしても、あれほど多くの国籍の人に会ったのは初めてだった。実にさまざまな国からの出稼ぎ人と、日本から来た本物のボランティアの若者もいた。齢《よわい》六十にして学ぶことが山ほどあり、平和な日本に生きていることに改めて感謝した。

だからこそ、私はここで得たことを日本の人々に伝えなければと考えた。そして、この先の人生で自分はなにをしたいかが、見えてきたような気がした。

大学生と共に海外ボランティアへ

一九九一年の一月、私のもとに一本の電話がかかってきた。初代内閣安全保障室長を務めた佐々淳行《さっさあつゆき》氏からだった。

というのも、私がヨルダンの難民キャンプを訪れたとき、放送中の大河ドラマの脚本家ということで、日本のいくつかの新聞社から取材を受けていた。事件がなくて記事が薄いときに使う〝ヒマネタ〟用だと油断していたら、各紙に写真入りで記事が掲載されたのだ。

佐々さんとはそれまでお付き合いはなかったのだが、どうやらその記事を見て、連絡をくれたようだ。

今度、有志と共に国際平和協力をやっていきたいので、ヨルダンに飛んだあなたも仲間になってほしい、とのこと。メンバーを聞けば、当時、国立東京藝術大学の学長であり原爆の被災者でもある平山郁夫《ひらやまいくお》氏をはじめ、立派な方々ばかり。その中には、のちに「二谷・小山内コンビ」と呼ばれ、カンボジアに学校をつくる活動で無二の相棒となる俳優の二谷英明氏もいた。

十人ほどが集まったときに思わず笑ってしまったのが、メンバー全員が昭和五(一九三〇)年生まれの六十歳だったこと。

太平洋戦争が終わった昭和二十(一九四五)年は十五歳であり、それぞれ海軍兵学校生徒、女学生も軍需工場に動員されたりして、自ら望んだわけではないが、あの戦争にわずかながら荷担している。その年代が、平和国家に生きて、今回の湾岸戦争にも武力で参加してはならないと考えを一致させている。現職の衆議院議員もいて、出会うべくして出会ったような、不思議な巡り合わせであり、私たちは、今後は互いに連絡を取り合って、いざというときは行動しようと心をひとつにし、「JIRAC《ジラク》(日本国際救援行動委員会)」という長い名前の小さなボランティア・グループを結成した。

その中に、昭和五年組より少し年上の亜細亜大学の学長もいて、彼は学生たちに私たちの話をした。

「難民の救援に行くと言っているが、実際はみんな六十歳の爺さんと婆さんだ（失礼な！）。君たち若者はどう思う？」

そう問うたとき、「夏休みを利用して行きます！」と学生たちが手を挙げた。

そのとき、湾岸戦争はすでに終わっていたが、共に戦ったイラク在住のクルド人が、サダム・フセインの軍隊に追われ、山を越えてイラン側に避難民として流れ込んでいた。

劣悪な環境に置かれた彼らの姿をテレビニュースで見て心を痛めていた私たちは、立ち上がった学生たちとタッグを組んでクルド難民の救援に向かうことになる。

学生たちが一緒だということで、どんな仕事をするのか、そしてどんな生活が待っているのか、事前調査が必要だ。そのため、亜細亜大学の教授と助手さん、そして私が先発隊の一人となった。

戦争の後始末にわざわざイランまで行く。「そんな危ないところへ」と子どもを引き止める親もいるだろう。しかし、国際協力の第一歩を踏み出そうとしている志高き若者のために、これが平和貢献なのだと肌で感じられる仕事を見つけるのが私の務めなのだ。

そしていよいよイランに学生隊がやってきた。活動期間は、各三週間。一班約二十人の編成で、交代で第二班が行くことになっている。ただ、残念ながら私は第一班の活動終了までしか滞在できなくなってしまったため、付添人なしに学生だけを現地に残すことはできないという理由で、第二班の活動は中止になってしまった。

第一班の学生たちは、到着の翌日から、食料や生活用品を配給する作業のほか、子どもたちと一緒に鬼ごっこやじゃんけんで遊んだりと、大いに汗を流した。

「日本って本当にいい国だったんですネ」

参加した学生の、心からの言葉を私は聞いた。

彼ら彼女らは、日本人として生まれた自分たちに許されている自由や安全、平和、豊かさが決して当たり前のものではないと、今回の活動を通じて学んだのだ。

イランはイスラムの国である。アルコールは一切NGだし、年頃の男女は親が公認した相手以外と街を歩いただけで処罰される。レストランに行けば、入り口も男女で違うほどだ。さらに女性は、顔と手の先しか露出できない。

ヘジャブという肘丈くらいのかぶり物があったので、私は女子学生たちのために白いヘジャブを買って配ったのだが、尼さんのようでみなかわいかった。

とにもかくにも、カルチャーショックを乗り越え、あふれる知的好奇心を隠すことなく真剣に目を輝かせる学生たちに、私は素直に感動していた。

そして「自分の健康と財布の許す限りは、この素敵な若者たちと共に、さまざまな国境を越えてみたい」と心に決めた。

そう、このイラン遠征が、この後も若者たちと共に活動するきっかけになったのである。一九九一年の夏だった。

カンボジアに学校をつくりたい！

一九九一年十月、アジアでは二十年の内戦に明け暮れたカンボジアの和平協定がパリで結ばれて、その立役者のひとりが、カンボジアの初代日本国大使になった今川幸雄《いまがわゆきお》氏だ。ちなみに今川氏の奥様は現在、我々「JHP・学校をつくる会」の副代表をしてくださっている。

イランでの活動のあと、JIRAC《ジラク》には、極東ロシア困窮独居老人と孤児院の子たちのための救援活動と、パリ和平協定が調印されたカンボジアでの活動というふたつの目的ができ、私と二谷さんはカンボジア班の専任となった。

実は、私はボランティアを始めるずいぶん前から、「いつかカンボジアに行こう!」と密かに決意していた。

というのも、私の代表作である『3年B組金八先生』というドラマがスタートした一九七九年、シナリオをひたすら書いていた秋、テレビニュースでカンボジアの信じられない状況が流れたのだ。

同胞百八十万人を殺戮したと言われるポル・ポト派の約四年間にわたる暴政が明らかになり、そしてフン・セン現首相たちとの内戦が始まったことで、なにがなんだか分からないままタイ国境に逃げて難民となったカンボジアの人々の姿が映し出されていた。

老人や子どもなど弱者の飢えと苦しみ、地雷の恐怖。それらを目にした瞬間、私が体験した戦争の記憶がよみがえり、心が凍った。

同時に、同じアジアで起こっている悲惨な様子も、受験を控えた日本の中学生には遠い世界のことなのだと、いたたまれない気持ちになった。テストの一点、二点に一喜一憂するよりも、人として学ぶもっと大事なことがあるのではないか、と。

だから私は、金八先生の役者の肉体を借りて、訴えたのだ。

「君たちは受験戦争と言うけれど、これは戦争か？　どこから弾丸が飛んでくる？だが、この川が流れ込んだ海のその向こうでは、受験どころか、本物の戦争で傷つき、肉親を失い、食うものすらない君たちと同じ年頃の少年少女がいるということを、そして、なぜそういうことがあるのか理解できるような、そんな人間になってほしい！」

そして、いつか必ずカンボジアへ行こうと思いながら、十年という月日が経ってしまっていたわけだ。

そんな経緯もあり、またクルド帰還難民のお手伝いが不発で終わった第二班の学生を中心に活動したいとの思いもあり、私は早速、二谷さんと一緒にタイへと飛んだ。すると難民キャンプでは、すでにいくつかの日本のNGOが細やかな支援活動を続けていた。それぞれが得意分野でサポートしている姿を目の当たりにし、ここに素人の学生集団を連れてきてもお金がかかるだけでまったく役に立たないと判断し、私たちはいったん帰国する。

そんなとき、UNHCR（国連難民高等弁務官事務所）が、一九九二年三月〜九三年三月でのタイ国境難民三十八万人の祖国帰還プランを発表。そして九三年五月にUNTAC（国連カンボジア暫定統治機構）のもとで総選挙が行われることが決定した。

そのときには私たちもお役に立てることがあると、活動資金を用意し、カンボジアの首都であるプノンペンで若者たちを待ち受けることにして、一九九二年六月、私は初めてカンボジアの大地を踏んだ。

先発調査隊は、私と、大友事務局長。そして、前回のタイで知り合った、元駐タイ大使館の調査官で今はバンコクで旅行社を経営している武田《たけだ》氏の三人である。

プノンペンの国営ホテルにチェックインを済ませたが、さすがに百八十万人の同胞が殺されたという国の首都で緊張した私と事務局長が部屋でひと息入れようとした、そのとき。ドンドンドンドンドン！　とドアが叩かれ、「すぐに来てください」と武田さんの声だ。

どうやら、換金のためにホテルを一歩出たところにＵＮＨＣＲの車が停まってい て、たまたま職員として働いている友人がその中にいたのだそうだ。しかも、その友人は四日ごとに国境から列車で帰還してくる難民たちのための一時収容センターの責任者だという。

私たちは急遽、彼の案内で収容センターに向かい、あれよあれよという間に私たちの活動拠点も決定した。持つべきものは仲間であり、その仲間の仲間だ。

さらに同じホテルに先輩ＮＧＯである曹洞宗ボランティア会の所長がいて、プノンペンの近況をレクチャーしてくれたうえ、翌朝から車と、ドライバー兼通訳の青年をひとり、一週間貸してくれた。

青年の名は、ソカ。その後も彼とは長い付き合いとなり、我がＪＨＰが建設した児童養護施設「幸せの子どもの家」の所長を、設立当初から現在までずっと務めてもらっている。

そのソカの運転でもう一度、昨日の一時収容センターを訪れた私たち先発隊は、難民たちが乗っている列車が到着する準備を見学し、心得の詳細を確かめた。そして、これなら素人の学生集団でもできる！　という確信を持って、まずは夏休みの七月から九月まで、三班に分けた学生たちを交代でこの国に送り込むことにする。

参加学生は、亜細亜大学はもちろん、高校の同級生などにも声をかけてくれたりしたようで、上智、駒澤、一橋、学習院などいろいろな大学から集まった。みな、おそろいのオレンジ色のTシャツを着ている。

なぜオレンジ色なのか。初めて収容センターを見学したとき、たくさんの学生が来るのなら、なにか同じものを身に着けておいたほうがいいとアドバイスされたのだ。

そこで私は、Tシャツがいいと主張した。あの暑さの中、帽子だと脱いでしまうこともあるが、Tシャツならば作業着にもなるし、汚れても洗濯すればいい。

ではは何色にしますか？　と聞かれ、とっさに口から出たのがオレンジ色。

というのも、以前アメリカ取材に行った際、小型飛行機に乗せてもらったときに渡されたのがオレンジ色のライフジャケットだった。操縦士が説明してくれたところによると、万が一、飛行機が落ちたとき、海の上でも、山の中でも、原野でもオレンジ色が一番目立つからなのだそう。

それが頭に染みついていたからTシャツの色決めで即答してしまったが、はたと我に返ると、「還暦を過ぎている私までオレンジを着るの？　派手すぎる！」と焦ってしまった。しかし、もうあとの祭り。事務局に電話をしたら、発注したあとだった。

とはいえ、オレンジ色はカンボジアの人々にとって〝僧侶の色〟。おかげで、言葉も通じない、初めて見る日本人を、〝良いことをしてくれる人たち〟と好意的に受け止めてもらったので、よしとしよう。

学生たちの仕事のひとつは、四日ごとに帰ってくる引揚者千〜千五百人を列車から降ろし、収容センターに運ぶトラックに乗り換えてもらうお手伝い。

列車の停車予定地は村はずれに設定され、当然のことながらプラットホームはないから、成人男子でなければ線路上に飛び降りるのは大変だ。そのため、高齢者や子ども、地雷で脚を失った人に手を貸さなければならない。ここでは、語学力が怪しくても体力のある学生が選ばれた。

また、英語力のある者はセンターに到着した難民を登録名簿と照合し、仮住まいの長屋を割り当てる事務や診療カルテの整理を手伝ったり、子どもが好きな者は遊び相手になったり……。また、難民たちの給食を用意する炊事場の手伝いでも活躍した。さしずめ私などは野菜の皮むきだったり。

そのうち、人員輸送のために常に出入りしているトラックの事故に子どもが巻き込まれないように、空き地になにか遊び場みたいなものをつくってほしいと、センター側から依頼があった。

そこで、その辺に転がっている材木を使い、足場の穴を掘ってつくったのが、ブランコだった。子どもたちは大喜びで、この貴重な経験が、のちの学校づくりで必ず校庭にブランコを設置することにつながっていく。

こんなふうにホテルから収容センターに通う毎日の中で、私には大きな気がかりが生まれていた。

日本ならば子どもたちがランドセルを揺らして学校に行く時間なのに、まったくそういった風景がない。学校を探してみたけれど、学校と呼べるようなものもない。

そのうえ、早朝の路上では親子が抱き合って寝ていて、その向こうを豚が餌をあさって歩いている。さらに、街中で車から降りれば、四方八方から手を突き出され、施しを乞われる。

私は、こんな無秩序な街で生きることになる難民たちのことを思うと、暗たんたる気持ちになった。

しかし、そのカンボジアの実情は、なるべくしてなったのだ。

なぜなら、ポル・ポト政権時代に、宗教、芸術、教育は徹底的に破壊され、教師の八割は虐殺されたり海外に逃げたりしていたから。眼鏡をかけているだけでもインテリとみなされて殺されたとか、痛ましい限りである。

難民たちの帰還が落ち着いたら、この国にまず必要なのは〝教育〟だ。

私はそう思い至った。

教育は人をつくる、国の礎《いしずえ》。たとえ遠回りだろうが、カンボジアの人々が自立していくために、なんとしても学校をつくりたくなったのだ。

芸能界にも広がった、支援の輪

難民の帰還が完了し、選挙も無事に成功。私たちの次なる目標を、学校建設とした。さまざまなノウハウを持っている曹洞宗ボランティア会や「JVC（日本国際ボランティアセンター）」に教えを乞い、五教室一棟、約百坪が、当時はほぼ三百万円でできることを知った。そこで私たちは資金集めから始めることにする。

とにかく素人が考える財源は、やはりチャリティー・バザーだ。

バザーの名は、目的が分かりやすいようにと、「カンボジアのこどもに学校をつくる会」。一九九三年秋、大人たちも学生たちも本気でがんばり、また多くの支援者のおかげもあって大成功を遂げた。

岩下志麻《いわしたしま》さん、森光子《もりみつこ》さん、加山雄三《かやまゆうぞう》さんほか、名前を挙げたらキリがないほどの人たちが立派な品物を提供してくださったし、オークションの際には元巨人軍の中畑《なかはた》清《きよし》さんが競売人を務めてくれたこともあり、大いに盛り上がった。また筑紫哲也《ちくしてつや》さんも駆けつけ、以来、会の世話人にもなってくださったが、早くに亡くなられたのが残念でならない。

お客様には、私の小学校、女学校時代の友だちもお財布を持ってやってきてくれた。さらに、バザーとは別に、岡山県倉敷市、そして高梁《たかはし》市の女性グループ、国際ソロプチミストの方々から、かなりの御浄財を資金にと頂戴し、女優の藤村志保《ふじむらしほ》さんからもいただいた。

そうして集まった資金を握って、学生たちと二谷さんら私たちはカンボジアへと戻り、九三年暮れ、念願の第一校を建設した。

以降、私たちは「カンボジアのこどもに学校をつくる会」として例年、長期休暇のある三月、五月、十二月に、大学生を中心とした仲間たちとカンボジアへと飛ぶ。

そして学校建設は着実に実績を上げ、今ではカンボジアに三百五十棟と一棟の児童養護施設、ネパールに十四棟、ラオスにも一棟の学校が誕生。

さらに、カンボジアでは教師を養成する師範学校の教室も建設し、日本の子どもたちから寄付してもらったピアニカやソプラノリコーダーなどの楽器を海上輸送したりと、幅広い支援活動を続けることができている。

しかし悩ましいことに、学校建設に必要な資金は、カンボジアが復興すると共に物価が上昇したため、当初の倍以上かかるようになっている。

当初は五教室三百万円で、まだカンボジアには銀行がなかったため、リュックサックに百万、左右のポケットに百万ずつ入れて入国したものだが、今は一校につき九百万かかる（机・椅子を含めて）。

しかも我が会は、〝顔の見える日本人〟という活動をもう一本の柱にしているから、現地で若者たちと一緒に汗を流す活動費も必要なのだ。

ボランティアに参加する学生の負担金は、五万円。あとは、こちらが一人あたり十万円をプラスして、当初は十五万円の予算で行っていたが、年々活動範囲が広がり、さらに物価問題も出てきたために、学生負担金は値上げさせてもらっている。

だからこそ、本当にいろいろな人たちの協力・支援に私たちは助けられてきた。

旧友の女優・吉行和子《よしゆきかずこ》さんや『3年B組金八先生』第六シリーズに出演した上戸《うえと》彩《あや》がポンと大金を寄付してくれたり、バザーでは藤田朋子《ふじたともこ》がご主人の演奏をBGMに無料でジャズを歌ってくれたり……。

そうそう、バザーと言えば、大変困ったことがあった。

女優の富司純子《ふじすみこ》さんからものすごくいいお着物が、さらに藤村志保さんのお母様からも高価なお着物と帯が出たのだ。どちらも私では値段がつけられないほどの品物。

しかも、プログラムに名前を出す順番をどうするのかも難しい。

なんとか知恵を振りしぼった結果、映画のエンドロール方式を採用することにした。役者として同格でトップにふたりの名前を並べられない大御所の名前は最後の〆に入れて体裁を保つというアレだ。

そこで私は、『渡る世間は鬼ばかり』の名プロデューサー・石井ふく子さんに相談した。石井さんは見る目もあるし、彼女が順番をつけたら誰も文句を言わないだろう、と考えた。

すると石井さんも快く実行委員長を務めてくださり、もちろんバザーは大成功。最初はどうしたものかと頭を抱えたが、私にとっても思い出深い一日となった。

また、二年前のバザーでは渡瀬恒彦《わたせつねひこ》さんが、内側に狼の毛皮が使われている贅沢なコートを提供。野際陽子《のぎわようこ》さんも、素敵な洋服や資金での支援を続けてくださった。

バザーの声かけは私の仕事だけれど、私が年をとったように、相棒たちも同じく年をとってきていて、一番若いのが上戸彩。二谷さんをはじめ、渡瀬さん、野際さんは今は亡く、すばらしい方々が先に逝ってしまわれたのは寂しくてたまらない。

ともあれ、初めてのバザーを企画してから二十五年。支援の輪が広がり、多くの人たちに支えられ、学校づくりを続けられていることには、感謝の日々である。

ボランティアは楽しいことばかりではないが、それ以上に達成感がある。しかし、誰もがそれを味わえるわけではない。健康上やその他の理由で現地を訪れることができない人もいるのだ。

ゆえに、物心両面で後方支援をしてくれる仲間がいて、そういう仲間がいるからこそ、現地で汗を流す若者たちは得がたい経験ができるのだ。

「JHP・学校をつくる会」を設立

記念すべき第一校「ダンカオ小学校」が完成し、継続は力なりとばかりに二校目の資金を集めている最中のこと。

いくつかのNGOがゆるやかな連携をとり、それぞれの得意分野を活かして、顔の見える日本人の活動をしようということで、一九九四年一月、事務局「JEN（日本緊急救援NGOグループ）」が誕生した。

ちょうどその頃、旧ユーゴスラビアでは、九一年から始まったセルビア人勢力とクロアチアの戦闘が泥沼化して続行されていたが、やがて争いはおさめられ停戦合意となった旧ユーゴスラビアでの難民サポートに学生活動隊を派遣したり、毛布をかついでアフリカにも出かけていくようになる。

そこで、ささいな問題だが、活動エリアをカンボジア以外にも拡げたことで、「カンボジアのこどもに学校をつくる会」では、私たちの団体の性格がすぐに分かってもらえないとなった。

JENのメンバーに、先輩NGO「AAR（難民を助ける会）」、「JVC（日本国際ボランティアセンター）」などが名を連ねていたこともあり、うちも三文字でグループの略名をつくろうと頭をひねった。

JHPの正式名称は、「ジャパン・チーム・オブ・ヤング・ヒューマン・パワー」。日本の若い人道的な力、という意味である。しかしこれを三文字の略名にしようとなると、なかなか難しい。なぜなら、文字の使い方で「ジャップ」という日本人蔑視のネーミングになってしまうから。

そのため、最終的にJHPに決まったときはホッとしたものだ。

けれどジョーク好きの欧米NGOの中には、「ヤングパワーって、あんたもヤングなのか？」とわざわざ顔をのぞいて聞くやつもいる。そんなとき私はこう答える。

「イエス、私のハートはヤングなの。気持ちが若くなかったら、誰がこんなことしますか」って。

それに、最初は小山内・二谷コンビと学生たちだけであった活動隊も、一九九六年あたりから社会人も参加してくれるようになる。

私は彼ら彼女らを「半世紀組」と尊敬と愛情を込めて呼んでいるのだが、五十代もいれば、私のように還暦を迎えてからボランティア活動に足を踏み入れた六十代もいる。さらに、「ＪＨＰ・学校をつくる会」の活動現場を見学して以来、無償で事務所の手伝いを続けてくれている八十代の男性まで！　オールド・ヒューマン・パワーも花盛りである。

一流企業の元専務あり、子育てを終えた主婦あり、と多種多様な経験を持つ大人たちの参加は、学生にとっても良きアドバイザーとなり、お互いにいい刺激となっているようだ。

「ＪＨＰ・学校をつくる会」がスタートした当初の代表は私で、副代表は二谷さんだった。別にどちらが代表でもよかったのだが、私の生まれが一ヶ月早いお姉さんだから、

第 · 章
還暦からの海外ボランティア

二谷英明さんはボランティアにおける盟友だった

という単純な理由で代表である。

二谷さんは本当に紳士だった。いや、ジェントルマンと呼ぶほうがしっくりくるだろう。

博学で、ユーモアのセンスも抜群。容姿はもちろん、なにより流暢な英語がすばらしかったため、我が会の渉外担当として、カンボジア教育大臣や国連関係者との折衝は一手に引き受けてくれた。

当時のカンボジアは外務省や教育省の大臣室にもクーラーなどなく、どこへ行っても酷暑の中だったにもかかわらず、アルマーニのスーツをスタイリッシュに着こなし、おしゃれなネクタイを締めて、汗ひとつかかかない。

思わず「すごいわねー」と感心したら、

「そんなことないよ。僕だって暑いですよ。だけど、役者というのは顔には汗をかかないの。その代わり、背中はびしょびしょよ」

涼しげな顔でさらりと言える二谷さんは、やっぱりかっこいい。それがスターの条件だったのか、と改めて感じ入ったものだ。

第二章

金八流
教育論

「行動力のある人は汗を！」のボランティア精神

ボランティアとはなにか。私は、特別に構えて定義づけする必要はないと思っている。人は日々の暮らしの中で、意識せずとも関わっているからだ。

たとえば、重い荷物を持ったお年寄りに、「荷物を持ちましょうか？」と声をかける。電車に乗ってきたお腹の大きな妊婦さんに席を譲る。中には、照れくさいのか黙って席を立って、違う場所へ移動してしまう若者がいたりもする。

そんな姿に出会うと、こちらまで心が温まってくる。親切にしたほうも、気遣ってもらったほうも、また当事者ではなく、その様子を見かけた人も、その場にいる誰もがイヤな気持ちになるわけがない。

こうした、ちょっとした助け合いの心と行動がボランティアの根本なのだ。

自分にとってはほんのささいなことでも、相手が喜んでくれたら嬉しくなる。そこが出発点で、本当に助けを求めている人のためにアクティブに行動を起こす人もいる。実際に海外の難民キャンプに行ったり、諸事情で現地には足を運べないけれど、少しでも飢えている子どもたちの足しになりますようにと祈って財布の口を開けたり……。

私たちＪＨＰのモットーも、「できることからボランティア」。そもそもグループの代表である私が七人の仲間とヨルダンの難民キャンプに飛んだとき、素人でもできる仕事がいくらでもあることを知り、「私たちにだってできるのだ！」と思いを強くしたのだ。

困っている誰かのためになにかをしたいと思ったときが始めどき。もちろん、無理は禁物である。

だから周りの人たちにも、「お金のある人はお金を、知恵のある人は知恵を、行動力のある人は汗を！」と呼びかけている。

ＪＨＰの実態も、ジジ、ババ還暦組と若い学生たちという世にも奇妙なグループだ。

さしずめ学生たちは、汗専門分野の担当となるだろう。草の根ゆえに失敗も多いが、その一方で、思いきり汗を流すからこそ、何事も新鮮に学べる。

実は、我々の活動において最も多くのものを得るのは、参加した日本の若者たちなのだ。

私が思うに、日本は世界一特殊な国である。北海道と沖縄の人が出会っても、たとえその中に理解できない方言があったとしても、意思は通じ合える。

この意思疎通があまりにも簡単に行われるので、つい誰とでも分かり合えると安易に思いがちだ。しかし海外へ一歩足を踏み出せば、外国人との間では、相手が日本語を勉強しているか、こちらがその国の言葉をしゃべれなければ意思疎通は難しい。

今でこそ若者の海外旅行は珍しくもなく、二〇一一年度より小学五年生から必修となった「外国語活動」が二〇二〇年度には小学三年生まで引き下げられるなど、この国も英語教育に力を入れているようだが、島国であるゆえか、よその国の文化と接触する機会は少ないと言わざるを得ないだろう。

たとえばネパールという国では、朝から夜まで食事がカレー味。ただし、ひと口にカレーと言っても、日本で食べるカレーライスみたいなものもあれば、カレー風味のスープをごはんと一緒に食べたりもする。だからまったく同じ味が続くというわけではない。それでも、何日間も滞在していれば嫌になってきたが、このカレー味は調味料だったのだ。

そんなネパールの文化を知らなかった。ハワイの観光スポットはスラスラと出てきても、ネパールがどこにあって、どんな人たちがどんな歴史を経て住んでいて、彼らは日本をどう見ているのかを積極的に勉強しようとする人は少ない。私もそうだった。そのため、日本人は未だに、「外国オンチ」「国際感覚がない」と小バカにされることも多々ある。

私たちＪＨＰの活動の目的のひとつに、まさにそんな、日本しか知らない大学生たちに海外を体験してもらうこともある。

大きなお世話だろうが、豊かな日本に生まれながら、それが当たり前すぎて、いかに幸せなことかを気づいていない彼ら・彼女らに、世界の現実を知ってほしいのだ。

おかげさまで、若者には国境を越えてほしいという私の願いは、ＪＨＰが、ＪＥＮに参加していることもあって、実にさまざまな経験によって実現している。

たとえば、イラク・イラン国境のクルド人難民キャンプでは、設備も衛生環境も最悪だった。ありえないほどの酷暑の中、学生たちは作業の合間に、戦争とは人類になにをもたらすのか、人が生きていくということはどういうことかを討論した。

一九九四年に旧ユーゴスラビアを訪れたときには、宿舎として借りた民家の壁に生々しく残っている砲弾の痕を目の当たりにし、そこに住む人々の恐怖を思い知る。そして、現地の大学生との話し合いの場では、戦争に参加していた彼らの話に耳を傾け、日本人である自分たちには徴兵の義務がないことに初めて気づいた。

カンボジアでも、汗と涙を流しながら、先進国と開発途上国の経済格差、いわゆる南北問題をはじめ、飢餓、地雷、教育などさまざまな実態を学んだ。

こうして世界へと目を向けた彼らは、活動を通して地球的視野を持って日本を見るようになる。そして日本に生きる自分が果たすべき役割、進路を模索し始めるのだ。

学生たちの目を見張るほどの成長を感じたのは、私だけではない。親御さんたちも同様だ。

　ある学生がＪＨＰ活動隊に応募したとき、ものすごく心配して最初は反対の立場をとっていたお父さんがいた。しかし帰国後、「どうでした？」と尋ねたところ、

「行かせてよかったです。変わりました」

「なにが変わったんですか？」

「話があると言うと、聞く姿勢を見せるようになりました。そして、一生付き合える友だちとも出会えたようです」

「ということは、今までの友だちは上っ面だったということでしょうか」

「言ってみればそうです」

　たしかにそうかもしれない。カンボジアのうだるような暑さの中で、同じオレンジＴシャツで共に汗をかき、困ったことがあれば自然と助け合う。夜になればミーティングで本音をぶつけ合う。そんな数週間を過ごせば、本物の友情も生まれるというものだろう。

机上では学べない
本物の人生勉強を

カンボジアに学校をつくろう！　と意気込んではみたものの、やはり大変だった。なにせ、素人ボランティア集団だ。建築資材はどこで調達すればいいのか、また誰に頼めばいいのか、なにより、どこに学校を建設しようか、まったくの手探り状態。しかも、日本のＮＧＯが学校をつくるらしいと聞けば、うちにも！　うちにも！　つくってほしいと大変な騒ぎだった。

けれど学生たちを連れていくのだから、治安的に危なくないエリアに絞らなければならない。とはいえ、選んだところで本当に大丈夫かどうかは実際に行ってみなければ分からない……と、不安は尽きなかった。

そんな中、教育関係の援助にも力を入れているＮＧＯに相談しつつ、またカンボジア政府やプノンペン市の教育局などと折衝を重ねた末、ようやく第一校目はダンカオ郡に建設することが決定した。

学校をつくるといっても、学生たちが土台からつくり上げるわけではない。学生たちの休み期間を考慮に入れて出発日を決めると、逆算して着工日を定め、いよいよ学校づくりのスタートだ。

業者には、なるべく村の人たちを使ってほしいとお願いした。貧しい暮らしをしている人々には日銭が入るし、我が子のための学校だから丁寧にレンガを積んでくれて一石二鳥である。

そうして完成の二〜三週間ほど前に、我々の活動隊が到着する。

初日はまず、建材のやすりがけから作業開始だ。子どもたちにトゲがささらないよう机や椅子にもやすりがけをし、美しく長持ちするようにとニスを塗る。

いざカンボジアへ！　とやる気まんまんで参加した者にとってはいささか拍子抜けする作業だが、どんな子が座って勉強するのだろうか？　机にどんないたずら書きをするのだろうか……と、自分たちの小学校時代を思い出しながら作業すれば楽しく、やりがいもあるというもの。

　また、男子が土固めや材料運びなどの力仕事をしている間は、女子は主に窓枠やドアへのペンキ塗り。私も彼女たちと一緒に、プライベート黒板をＢ４サイズで千五百枚つくったのは懐かしい思い出だ。

　ノートが足りず、買うお金もない子どもたちが、字を覚えるために書いたり消したりして使えるようにと、切ってもらった木片にペンキを塗って、丁寧にやすりがけ。かなり腕が痛くなったし、女子学生に至っては、二の腕に筋肉がついたと力こぶ比べまでしていた。

　活動のメインは、遊ぶものがなにもない子どもたちのためにカンボジア帰還難民の一時収容センターから始まったブランコと鉄棒づくりだ。

　一校目に限って言えば、道具もそろわないし、材木や釘などの買い出しからてんやわんや。

　そのうえ、学生たちは机でのお勉強はできても、いかに実体験がないかということに愕然とした。

とんかちで釘をたたく代わりに指を打つと派手な悲鳴があがり、「釘が抜けません」と、真上に必死に引っ張っている。

そんなときには私の出番だ。ＪＨＰの渉外担当が二谷さんとすれば、英語力ゼロに近い私は現場担当。母親……いや、おばあちゃん的知恵を活かして、作業中の擦り傷や鼻血の手当てなどお手のもので、さらに学生たちが安全に、かつ悔いなく活動成果をあげられるように指南することが私の存在価値である。まさに〝女金八先生〟と人は言ったが、釘が抜けなかった某国立大学の四年生に「こうするんだよ」と見本をみせる。

「あっ、抜けました。こういう抜き方があるんですね」

「これを〝テコの原理〟と言う。君たちも、中学や高校で習っているでしょ？」

しかし彼らはポカンとした顔を見せるだけ。大学や就職試験の問題には出ないから覚えていないのだ。学歴至上主義の日本の教育システムの弊害というほかないだろう。

ともあれ、ＪＨＰの海外活動、もとい、女金八の叱咤激励のもと海外で汗を流すお勉強を経た学生たちは、一校目にして八連のブランコという大物を立ち上げてしまった。

「立ったー！」という感動もそこそこに、カンボジアには雨期があるから、くさらないようペンキも塗らなくてはならない。

色はグループカラーのオレンジに決定。ただ、当時のマーケットには中間色のペンキは売っていなかったので、オレンジに近い赤となる。

すっくと立ったブランコは、鮮やかそのもの。遠目に見ればお稲荷さんの鳥居のようで、なかなか神秘的だ。

完成したブランコを見上げて、涙ぐむ者もいる。

これが〝達成感〟だ。それも仲間と一緒に力を合わせてやり遂げた。そして、言葉は通じずとも、贈呈式でその土地の人たちが喜んでいる姿を前にすれば、さらに感激もひとしお。

贈呈式では、地元の大人から子どもまで集まって、まっさらの小学校に目を輝かせている。学生たちが持ち込んだピアニカやメロディオンで『幸せなら手をたたこう』を演奏すると、はじめは恥ずかしがりつつも、次第に両手を叩き、足を鳴らし始める。

第二章
金八流教育論

ボランティアの学生たちと一緒に学校完成を祝う

みなの心がますますひとつになる瞬間だった。
以降の贈呈式では、『3年B組金八先生』の第五シリーズで紹介したソーラン節を、学生たちが生き生きと踊るようになる。

校庭には津軽三味線の前奏が響き、大漁旗が打ち振られる中でのソーラン節は、なんとも圧巻。集まった村人たちも熱狂してくれるのは嬉しい限りである。

こうして学生たちが全身でひしひしと感じた経験は、生涯の思い出となったはずだ。そして、やればできるのだという自信は、これからの社会人生活において大きな財産となる。

ちなみに、第一校目を共につくった学生たちとは、今でも交流がある。もう四十代半ばになるだろうか。今度はその子どもたちがＪＨＰの活動に参加するようになっているのは、幸せなことだ。

カンボジアの未来のために教師育成に協力

一九九三年に第一校を建設して以来、三百五十棟以上の学校をつくってきたわけだが、あるとき、ふと「私たちは単に〝ハコ物〟をつくっているだけではないか」と気になった。

まず、子どもたちが勉強をするための箱はできたけれど、先生がいない。内戦に次ぐ内戦で、学校が壊され、勉強する機会が二十年もなかったうえ、教師の八割が虐殺や国外逃亡の憂き目に遭っているのだから、字が書ける人は生き残った二割の教師しかいないのだ。

しかも、読み書きのできる貴重な人材だからこそ、ポル・ポト後の政権では役人になっている。

そのため、とりあえず小学校の三年生くらいまでは学校へ行って勉強した経験のある人が教師となって、低学年の子にいわゆる〝読み・書き・そろばん〟を教えているという状況だ。当然、それ以上の学年を指導する人材なんていない。

しかも授業は、午前中の三時間そこらで終わる。

さすがに私も、「せっかく私たちがつくった学校なのに、午前中しか使わないなんてもったいない。なぜ午後も授業をしないの？」と教育省に苦言を呈したが、返ってきた答えは「午後もやるには先生がいない」。

いや、正しくは、午前を受け持っている先生に午後もそのまま担当してもらいたいのだが、そのぶんの給料が払えないとのこと。そうでなくても、給与が六ヶ月も遅配しているという。それでも辞めないのは、教師という職業は尊敬されるに値するからだと聞いた。

しかし、こんなことでは社会へ出たときに隣国のタイやベトナムの同じ年代の子たちに太刀打ちできない。

だから、せめて中学まではきちんと卒業させたほうがいいということで、ＪＨＰ

でも中学の校舎までつくるようになり、とにかく教師の育成が急務だと師範学校も建設した。あの頃の私は、カンボジアの子どもたちの未来を考えると複雑な心境になったし、ずいぶん悔しい思いをしたものだ。

そんな折、活動隊の夜のミーティングで、ハコ物の内側、要するに教育支援についてかなり熱心に話し合った。

もっと教育の中身にも参加したいが、問題は言葉の壁だ。よって、言葉が通じなくても誰もが笑顔になれて、子どもたちの人格をも豊かにできる教育を、ということで、音楽と絵画を楽しめるような環境を整えようと決めた。

だから、ＪＨＰのプノンペン事務所には、学校建設班のローカル・スタッフのほかに、教育支援班もいる。

日本国内では、学生会員が母校などに呼びかけて用済みになったピアニカなどを集めて送り、現地の師範学校と連携をとりつつ、音楽教師を派遣して「ドレミファ」から音楽の教育にあたった。そして研修を終えた教師には、各校へ赴任する際に、ひとり五十台のピアニカを嫁入り道具のように持っていってもらうことにした。

また学校贈呈式などの機会にも、ピアニカやリコーダー、現地のニーズに合わせて打楽器なども寄贈しているため、楽器を集める運動は今でも毎年行っている。

絵画についても、今でこそカンボジア国内や近隣諸国から安く購入できるようになったので行ってはいないが、当時は音楽と同じ方式で画用紙やクレヨン、絵の具などを集めたし、定年後の日本人美術教師を派遣したり、教員対象の美術ワークショップを行ったり、子どもたちの絵画展を実施したりもしてきた。

教師を育成するという意味では、二〇〇〇年度から毎年、熊本県芦北町《あしきた》に、JHPが推薦したカンボジア人教師を送り込んでいる。

熊本県国際課による海外研修員招聘プログラムの一環なのだが、一年間、芦北町でホームステイしながら小学校や中学校で地元の子どもたちと肩を並べて勉強する。

そこで初めて、一時間目は国語で、二時間目は音楽で……という時間割を知り、学んだことを本国へと持ち帰るというわけだ。

交通費から食事からすべてこちら持ちだから、カンボジア人教師たちも自分が推薦されたいとがんばる。中には、自分のお金を出して一生懸命日本語を勉強している人もいて、その熱意に感心して、迷わず選んだこともあった。

カンボジアの教育制度は日本と同じく六・三・三制で最初の九年間が義務教育となっており、近年は少しずつ改善してきたものの、まだ日本のようにカリキュラムが整っているとは言えない状況である。教室や教師の数も充分ではない。

今後もＪＨＰとしては、学校建設との二本柱で、カンボジアの子どもたちに寄り添えるような教育支援を行っていくつもりだ。

と言いつつも、実はそろそろネパールのほうに本腰を入れたいとも思っている。

ネパールに学校をつくり始めたのはまだ六、七年ほど前からだが、きっかけは、旧ユーゴスラビアの難民救援の際に知り合ったネパール出身のドクター、ラジーブ。当時、「国境なき医師団」の日本版「ＡＭＤＡ（アムダ）」の呼びかけに応じて駆けつけたお医者さんのひとりで、ＪＥＮのスタッフでもあった。

旧ユーゴスラビアでの活動を終えたあとも、自称美少女軍団の元気な女子学生たちと親交をつないでいた彼があるとき、言ったのだ。

「学校づくりはカンボジアだけ？」

「そんなことはないよ。ネパールにも、とは思うけど、今は治安がよいとはいえないでしょ」

ちょうどネパールはマオイスト（毛沢東の信奉者）が台頭していて、政情が不安定だった。

「じゃあ、政情が安定したら僕の故郷にも学校をつくってよ」

そんな依頼もあり、ようやく二〇一一年に初のネパール校舎着工。一流企業の役員をしていたY氏がネパールの担当となり、翌一二年に十五年ぶりに約束を果たして完成したという経緯がある。

ではなぜ今、私の気分はカンボジアよりネパールなのか。両国の教育に関する姿勢を考えたとき、私は圧倒的にネパールのほうに好感を持ったからだ。

カンボジアは〝援助馴れ〟しているところがあり、学校をつくれば「ありがとう、ありがとう」とニコニコしてくれるけれど、「その学校で自分の子どもがどういう教育を受けて大きくなっていくのか」という発想が一人ひとりの親にはあまり見られない。

対して、ネパールの親のほうが子どもの教育について真剣に考えている。援助を求めているというよりは、子どもにしっかり勉強させたいという熱意のほうが強い。

さらに、親と子の関係もいい。たとえば子どもが学校から帰ってくると、きちんと親に「ただいま」と挨拶をして、かばんを置いたら家のことをいろいろと手伝ってている。

カンボジアの首都はもとより、最近の日本でもなかなかお目にかからない光景ではなかろうか。これこそが真の〝教育〟であり、ぜひ見習うべき姿だと私は思っている。

現地の子どもたちからの恩返し

最近、一枚のＤＶＤが届いた。

カンボジアのテレビ局でニュースキャスターをしている女の子のインタビュー映像

だ。カンボジアの日本語学校で勉強をし、現地の日本企業で働きながら、少しずつ日本語を覚えて話せるようになったという。

そんな彼女が流暢な日本語で語ったのは、こんな内容だった。

「私が育った村は電気もトイレもないような田舎だったんですが、そんな場所へ二十年前、日本人の女性がやってきて、学校を建ててくれました。そして、文房具なども持ってきてくれました。

日本からわざわざカンボジアまで来てくれて、なんて優しい人なんだと私は強く思いました。

そのときは、名前は全然分からなかった。でも、今は知っています。小山内さんという方です。

彼女に日本語で『ありがとう』を言いたい。その一心で、日本語を覚えました。

今は結婚して、主人は日本人です。自分の子どもにも日本語を教えています。そしてキャスターの仕事だけでなく、学校に文房具を配る活動もしています。

あの日、自分が小山内さんに文房具をもらったときにどれだけ嬉しかったか、それを覚えているからこそ、私もたくさんの子どもたちに自分が感じた幸せを配っていきたいのです」

私はまだ彼女には会えていないけれど、この映像を見て、心がほんわかと温かくなった。二十年も前の、たった一度の出会いをきっかけに、日本語まで勉強してくれた。しかも、カンボジアで女性がジャーナリズムの仕事を持っているだけでも大したことだというのに、ボランティア活動まで行っているとはすばらしいことだ。

もうひとつ、学校づくりを通してのご縁といえば、二〇一七年の三月、私がカンボジアで肺炎になり入院してしまったとき、当時八十七歳の私をかいがいしくお世話してくれたのは、二〇〇二年につくった児童養護施設「幸せの子どもの家」出身の女の子だった。

彼女は、ポル・ポト時代の暴政で親を失った孤児であったが、ゴミ山で働いているとき、「幸せの子どもの家」で生活できるようになり、大学まで進学。いつしか日本で勉強がしたいと願うようになった。

ＪＨＰのプノンペン事務所の連中も、なんとか日本へ送り出したいと、「つきましては小山内さん、一年間だけ生活費を出してほしい」とのこと。どうやら宇都宮大学には独自の留学プログラムがあり、学費は大学が負担してくれるらしい。

彼女の気概に賛同して、私は最低限の生活費の面倒をみることにした。

二〇一六年、彼女は交換留学生として来日し、宇都宮大学の留学生寮に入居する。寮費は無料だった。名前はチャリア。

「今日からここが自分の城だ。ここでがんばるんだ!」と自分を奮い立たせた途端、震度三の地震が来て、「これは何だ?」と寮の五階にいた彼女は恐怖から涙ポロポロしてしまったようだが、一年間の留学生活では日本語や日本文化を学び、成績もなかなかよかった。

そして無事、留学を終えカンボジアの大学へと戻った二〇一七年三月のこと。活動隊に同行していた私は現地で風邪をこじらせ、肺炎になって集中治療室に運ばれ、入院するはめになってしまう。

それを知ったチャリアは、午前中に大学へ行ったあと、毎日、午後は六時まで私のそばについていてくれた。

病院のナースはきれいな英語を使い、チャリアは英語も日本語も話せる。おかげでナースとの意思疎通もスムーズで、彼女がいたからこそ助かった場面が多々あった。そんなチャリアも、今は大学を卒業して、アンコールワットの近くにある「ロイヤルアンコール国際病院」で日本語通訳スタッフとして働いている。さらに勤務後は、病院の一角を借り、〝日本語を勉強したい人はおいで〟というラフなスタイルで日本語の先生もしているそうだ。

その姿を想像するだけで、かわいくて仕方ない。

こうして、ＪＨＰがつくった学校や施設を巣立った子どもたちがさまざまな場所で活躍している話を聞くたび、私は自分のことのように誇らしい気持ちになる。

カンボジアの愛しき子どもたちからの、これ以上ない最高の恩返しを日々、受け取っているのである。

海外で身につけた判断力を逆輸入！

私たちのグループがカンボジアに学校をつくり続けているのは、〝日本の若者のため〟というのは前述のとおりだが、ひいては日本のためでもある。

当初は海外ボランティアから始まった我が会も、今では国内の緊急救援活動にも積極的に参加しているが、「やっぱり一緒に活動した子はひと味違う！」と自慢するようになったのは、阪神・淡路大震災の救援にかけつけたとき以来だ。

一九九五年一月十七日。炎をあげて燃えさかる街並みや、喚きながら走る人々、甲高いサイレンの音に、ヘリコプターの轟音……。

テレビの中の地獄絵を目にして、「我が会は海外救援の経験を活かして行動すべきだ」と即決する。

お金もかかるが、〝災害や紛争などで教育の機会を奪われた子どもたちのために活動する〟が会のモットーだから、次にカンボジアで建設する予定だった学校資金を一時流用しても怒る人はいるまい、と意見がまとまった。

若者たちからも事務所に続々と電話が入り、次々と阪神に向かう。

そのうち、〝ボランティア難民〟というイヤらしいネーミングが一部のマスコミに登場するが、たしかに何の準備もなしに身ひとつで飛び込めば被災地のお荷物になって然り。現地の役所の職員も被災者なのだから、素人ボランティアに仕事を割り振ることなど、すぐにはできない。

しかし、中東や旧ユーゴ、カンボジアへと足を運び、ある種のサバイバル経験をしているＪＨＰの若者は違った。

それらの地でなにが不自由であったかを身に染みて覚えている彼らは、なにをすべきか、なにからやるべきか、その判断力をしっかり培《つちか》っていた。

まずは被災地の情報収集だ。

街が燃えているテレビニュースを見ては、寝るところがないだろうと寝袋を持っていく。きっと電気もきていないから、懐中電灯や、情報をとるための小型ラジオも必要だ……といったように、被災地へ駆けつけるにはなにが必需品なのかを、得た情報の中から読み取り、準備する。

そして、後方支援の東京組との連絡を密にとりつつ、ボランティアに仕事を割り振る行政が現地で機能していなければ、自分で仕事を探す。

たとえば、カンボジアでのトイレ隊長になった学校のトイレ掃除に半べそをかいていた男子学生は、神戸では避難所となった学校のトイレ隊長になった。当初は断水だから、腕が付け根から抜けそうなほどの量の水を、何回も早朝からバケツで簡易トイレ群に運んだ。

誰も褒めてくれない地味な作業ではあったけれど、縁の下の力持ちに徹して黙々と作業する姿に、私は非常に感動した。そして、こんな若者の仲間になれるなんて最高！と心から思った。

あのとき、ＪＨＰから送り出した若者たちは、約百七十人。一人ひとりがお役に立ち、かつ自分自身をさらに成長させた。実に誇らしい息子であり、娘たちである。

また翌九六年には、震災で全壊した兵庫県尼崎市のお寺「本興寺」の加藤清正が寄進した重要文化財「三光堂」の拝殿や、ケヤキの柱、天井・床の杉板など、貴重な廃材をゴミとして片付ける前にアート作品としてよみがえらせるためにトラックいっぱい頂いて、チャリティーアート展・バザールも開催。

朝倉摂《あさくらせつ》さんや宇野亜喜良《うのあきら》さんといった著名アーティストをはじめ、漫画家の美内《みうち》すずえさん、シンガーソングライターのさだまさしさん、歌舞伎役者の中村勘太郎《なかむらかんたろう》（当時）・七之助《しちのすけ》兄弟などに絵を描いてもらい、実にさまざまなジャンルの人気者たちに、無償で協力してもらった。

さらに西武新宿駅上にある「新宿ぺぺ」六階で行われたアート展では、吉永小百合《よしながさゆり》さんと松坂慶子《まつざかけいこ》さんが館内放送の声で参加してくれるという豪華ぶり！

この試みも大成功で、たくさんの収益金が集まり、被災地の保育園などに届けることができた。私も素敵な作品を競り落とし、今も我が家の玄関に飾らせてもらっている。

こうして、阪神・淡路大震災をきっかけに、国内でも我々ＪＨＰにできることがあると実感して以降、二〇〇〇年に起きた三宅島噴火により避難した人々が帰島するためのお手伝いや、二〇〇四年の新潟県中越地震での支援活動で汗を流すことにつながっていく。

ただ、二〇一一年三月十一日に起こった東日本大震災のときは、少しばかり事情が違った。

翌十二日中にＪＨＰとして救援を決定したはいいものの、このときはＪＨＰの若い主力である活動隊三月班がまだカンボジアに滞在中であった。

そこで、百戦錬磨――とは言いすぎかもしれないが、シニア軍団がトラックで救援物資を運んだり、現地責任者に依頼されて南三陸町でのボランティアセンター立ち上げに協力したりと、持てる力を発揮した。


国内外でのさまざまな活動を通じて分かったのは、〝何事も自分で考え、行動し、責任を持てる人材〟は、常に世の中で求められているということだ。

実際、ＪＨＰのメンバーとして活動した学生たちは、アフリカでＮＧＯスタッフとしてのスタートを切った者もいれば、大使館で得意の英語力を活かしている者、医者になった者……と、卒業後の進路も様々だ。

一流企業に就職した学生たちも数多く、有名商社で海外相手にバリバリと働いている者もいる。やはり企業としても、発展途上国で汗をかいてきた学生に対しては高い評価をするようだ。

また、初めての帰還難民お手伝いのとき、将来の夢を語り合う場で「僕は総理大臣」と発言し、その場に一瞬の沈黙を生んでしまった男子学生は、二十代後半で市議会議員に。その後、三十代では府議会議員を務め、四十代の今は衆議院議員と、夢に向けて着々と子どもたちのための階段をのぼっている。

しかも彼の選挙戦を支えてくれた愛妻は、旧ユーゴスラビアの難民救援で恋をはぐくんだ女子学生である。

どちらの矢がどちらのハートを射ぬいたかは存ぜぬが、JHPの活動では、なんでも話せる仲間だけでなく、生涯の伴侶との出会いもあるだなんて、なんだか素敵な話ではないか。

そんな中、二〇一六年七月、バングラデシュで起きた人質テロで下平《しもだいら》瑠衣《るい》さんが亡くなったのは口惜しくて残念な出来事だった。

彼女は二〇〇九年三月にカンボジアで一緒に汗を流した学生班でJHP活動隊の一員である。

芝浦工業大学を卒業後、東京工業大学大学院で学んだ才媛で、大学院を出てからはJICA（国際協力機構）の仕事に携わり、途上国の支援に全力を注いでいた最中の悲劇である。

志を断たれた彼女のために、同期の子たちがモニュメントをつくろうとしている。まだ完成はしていないようだが、こちらは黙って見守ることにする。そして私は私で、彼女を何らかの形で追悼せねばと考えている。

母親むき出しの『3年B組』

一九九九年、カンボジアの南部に位置する、唯一の港湾都市・シアヌークビルに、通称『桜中学』が誕生した。

敷地面積はなんと六千坪。そこに、まずは小学校、続いて保育園、中学校、管理棟、図書館、そして桜講堂が数年掛かりでできあがった。

校名に関して、いつもはもともとあった学校名を尊重し、その名前をそのままつけているのだが、ここはそもそも、だだっ広い荒地でもともと学校などなかった場所。そのため、教育省からＪＨＰでつけてくれてよいと言われた。

念願の『桜中学』にしたかったものの、保育園も小学校もある。しかもすでにプノンペンで桜小学校を建設していた。

そこで二谷さんと一緒に考えたのが、『カンボジア・日本友好桜学園』。

というわけで、『桜中学』は〝通称〟なのである。とはいえ、ついに、という思いだ。そのため、桜講堂での贈呈式は感動で涙、涙……ということには残念ながらならなかった。

ひとりでしみじみと校舎を見上げれば、なにか胸に迫ってくることもあったのだろうが、なにせ立ち見も出るほどの大人数と、多忙なスケジュール。カンボジアの人たちに学校を引き渡せたことに、ただただ安堵の息を漏らしたのみだった。

ここまで書くと、私は『桜中学』に大した思い入れがないと誤解される方もいるかもしれない。

が、もちろんそんなことはない。『桜中学』はご存知のとおり、私の脚本家人生の大部分を占めた『3年B組金八先生』の舞台と同じ名前なのだから。

金八先生は、やはり私にとって強い愛着のある作品である。とはいえ、当初はまさか二十五年にわたって書き続けることになるとは予想もしていなかった。

第一シリーズのオンエアは、一九七九年十月からである。

その年の私は、NHK連続テレビ小説『マー姉ちゃん』を執筆していた。マー姉ちゃんは、サザエさんの作者・長谷川町子さんのお姉さん、毬子さんのことで、朝日新聞に連載された『サザエさんうちあけ話』が原作ともいえる。

一九七九年の四月番組で、八月上旬で脱稿予定。ここ数年はシリーズ物が多かったせいもあり、この仕事が終わったらば、ゆっくりと母の相手をしてやりたい。高校生となり東京でひとり暮らしをしている息子の様子もチェックしなければならない。

そんなふうに考えていた六月のある日。熱海の標高二百メートルのお山に建つ私の自宅まで、わざわざTBSの柳井プロデューサーがやってきた。十月番組の金曜夜八時枠の執筆依頼だった。

聞けば、金曜午後八時は日本テレビの高視聴率番組『太陽にほえろ!』の太陽が燦然と輝いていて、TBSはどんなドラマを出しても、ギャラの高い人気俳優を使っても負け続け、スポンサーに頭を下げ続けていたそうだ。

そこで、「もう視聴率での勝負はやめる。こういうドラマもあるよ、というものを書く作家を口説いてこい」との社長命令があり、私に白羽の矢がたったのだとか。

けれど、十月番組なら九月には撮り始めるから、遅くとも八月の頭にはその脚本を書き始めなければならない。

ただでさえ私は不器用で、脚本の掛け持ちなどしたことがない。作家の中には〝飲む・打つ〟を上手に楽しみながら作品を書き分ける人もいるけれど、それは独特の才能であって、私にはまったくない。

そのうえ私は、〝締め切りに遅れない脚本家〟という評価をものにしつつあったし、オリジナルを書くとなったら、納得するまでとことん調べるタイプ。母や息子と過ごすための休みをつぶしたとしても、絶対的に時間が足りない。

だから私は、断腸の思い……だったかは記憶にないが、ありがたくお断りした。

すると後日、番組のスタートは十月末でいいと提案された。

それなら執筆も九月からでＯＫ、『マー姉ちゃん』の脱稿が予定どおりにいけば掛け持ちにはならず、スケジュール的には問題ない。ただ、綿密な調べものをする準備期間はほとんどなさそうだ。

しかし、そこまでして求めてくれるのなら……とほだされて、苦しまぎれに口走る。

「手持ち材料でいいの？」

「手持ちとは？」

「中学三年生です」

実はその日の朝刊に、一学期の期末テストの結果を見て中学生が死を選んだという記事があったのだ。

当時はすでに偏差値重視の学歴神話が始まっており、そのプレッシャーに苦しんでいたのだろう。ほかにも、中学生の万引きや家出といった問題も出てきていた。

なにより、自分の息子がほんの数ヶ月前まで中学生だったのである。そして私たち親子の身近な問題として、いわゆる〝受験戦争〟を強いられたために、本来、思春期で身につけておくべき〝生きる力〟を養えていない高校生の気がかりな存在があった。

私は息子を育てる中で、幼稚園から高校までの道をもう一度歩み、多くのものを学んだ。だから、これなら書けると思ったのだ。そして執筆するのであれば、私は母親むき出しで向き合わねばならない。

「よーし！　中学生の応援歌にしよう」

早速、東京の高校生になっていた息子に電話で相談すると、

「ひとつだけ注文があるんだ。海岸線をみんなでワーッと走って、青春だぁ！　みたいな、いわゆる〝学園もの〟じゃないのを書いてよ」

もう、エラそうに（笑）。だが、母ももちろん、そのつもりだ。

協力を要請すると、翌週には、中学の三年間を熱海の多賀で過ごした息子の友人たちが、中三のときに使っていた教科書を持って私の住むお山までやってきてくれた。

息子が中学時代の友だちに電話をかけまくってくれたようだ。

彼らは、中学時代にも日曜になるとよく遊びに来てくれた、勝手知ったるメンバーだ。

当時、我が家のお手伝いさんも日曜は休みだったから、お昼ご飯づくりは私の担当。ありあわせの材料で適当につくるのだが、いい加減なほうがおいしいのだ。

「おばさん、これなんていうの?」

「それ? ホワイトソースナポリターノよ」

なんて、これまたいい加減なネーミングをつけて。その辺は、シナリオライターのお手のものである。

おいしいものを食べれば、中学生の口もなめらかになる。「うちのオフクロは、こういうおしゃれなメニューをつくってくれないんだ」というところから、オフクロの悪口が始まる。

余計なことは言わず「ふんふん」と耳を傾けていると、また次の週に来て、次は先生や学校の悪口。これはさすがにドキドキした。

だけど後々考えてみれば、言うことによって彼らもストレス解消になっているのだと気づいた。この子たちの年齢のときには、〝聞く人〟が必要なのだ、と。

金八先生の中であれば、赤木春恵《あかぎはるえ》さん演じる校長先生などに、その役割を託した。

さて、高校生になった息子の同級生たちには相変わらずホワイトソースナポリターノを振る舞い、さまざまな話を聞かせてもらった。

中には、「中学のときに先生にポンと叩かれて、その拍子に鼓膜が破れたんだけど、病院に行かせてくれなかった」なんて聞き捨てならないエピソードまであり、今さらながら憤《いきどお》りもした。

どうやら、校内でのケガに備えて学校が入っている保険があるにもかかわらず、保険を使うと先生の勤務評定が下がるという理由で、なあなあで済ませようとしたらしい。

なんなら私が代わりに文句を言ってやりたいが、もう卒業してしまっている。だから、金八先生の第一シリーズ、高校のスポーツ特待制度を描いた中で使わせてもらった。

こうして手持ち材料を活かしつつ始まった『3年B組金八先生』は、準備期間に不安を抱えていたものの、一度書き出すと話はいくらでも膨らんだ。中学生の母だった当時の思いを一気に叩き込んだと断言してもいい。

寝た子を起こさないでください

金八先生を私の〝教育論〟とするにはいささか大げさで、どちらかというと、中学生の母としてずっと気になっていたことを発信し続けてきた、が正しいのかもしれない。第一シリーズの大きなテーマは高校受験と、思春期特有の性への関心だった。

高校受験については、誰がつくった言葉かは知らないが「受験戦争」などと、本物の戦争を体験した身としては腹立たしい風潮に対して、今まさに死の淵《ふち》をさまよっているカンボジアの子どもたちにからめて問題提起したのは前述のとおりである。

もっとも大きな反響を呼んだのは、やはり「中学生の妊娠と出産」だろう。実際のモデルがいて、この難役を杉田《すぎた》かおるさん、相手役を鶴見辰吾《つるみしんご》くんが敢然と演じてくれた。

文部科学省による最近の調査でも、二〇一五年度と一六年度の二年間で公立高校が女子生徒の妊娠を把握した件数は二千九十八件にのぼるという。そのうち六七四人が退学している。

中には、本人や保護者が退学を望んでいないのに、学校側からの勧告で退学を余儀なくされた子もいるだろう。

中学生は義務教育期間中のため、高校生の場合と同じには語れないが、義務教育期間中ゆえ、いっそう大問題。誰にも迷惑をかけずに親子三人、幸せに暮らせるかといえば、否、である。

また、第一シリーズの頃は、生まれたばかりの赤ちゃんを紙袋に入れて駅のロッカーに捨てる嬰児遺棄《えいじいき》事件が世間を騒がせ、〃コインロッカーベイビー〃という言葉も生まれたが、今もなお、トイレで出産した赤ちゃんを押し入れに遺棄した十代の女の子をはじめ、似たようなニュースは後を絶たない。

私が金八を書き始めた一九七九年から四十年近く経とうとしているのに未だ解決し

ていない、若者たちの性の問題。

これは本人たちが悪いのではなく、親や教師など身近な大人が、性に興味を持つ年頃を前にして、そのための教育を怠《おこた》り続けてきた結果ではないだろうか。

私の持論は一貫している。精神的・経済的に自立できないうちの冒険は早すぎる！だ。

その思いを込めたストーリーだったにもかかわらず、やはり当時、性教育に逃げ腰の大人たちの間では相当な物議をかもし、私は某ＰＴＡに呼び出されたこともあった。

開口一番、言われた言葉は、

「寝た子を起こすようなことはしないでください」

しかし私は反論する。

「今の子どもは寝てなんかいません。目をらんらんと輝かせるほど興味があって、分からないなりに、でも知りたくて仕方なくて、兄や上級生、雑誌やテレビなどから知識を得ようとしているんです。

むしろ多感な時期に興味がないのはかえっておかしい。それに、性に関心を持ち始めた時期をきちんと突き抜ければ、今度は〝良識〟を考えるようになるから、成長したときに間違った方向にはいかなくなると思いますよ。

それに、上級生や兄弟などからの情報は玉石混淆《ぎょくせきこんこう》。だからこそ折に触れて、親や教師が正しい知識を伝える機会、教育の場をつくっていただきたいです！」

少し上から目線すぎたかしら。でも、本心だ。

レイプを犯罪だとも思わない有名大学の学生たちによる事件が次々と起きているのも、思春期の大切な時期に誤った性知識が植えつけられた結果である。

我が家では、息子が小学校四、五年の頃から、性への興味は恥ずかしいものでも隠すものでもないと、物語風に語って教えてきた。

だからドラマでも、金八先生以外の教師たちにも「愛とはなにか」を真剣に演じてもらった。おかげで、金八先生は親子で見てもいいドラマだと定着したようだ。

中学生への性教育に一石を投じたつもりではあったが、最近、東京の中学で行われた性教育の授業が不適切だと都議が指摘し、東京都教育委員会が区の教育委員会を指導するというニュースを目にした。

なにが不適切だったのか。学習指導要領にない〝性交〟〝避妊〟〝人工妊娠中絶〟という言葉を使ったことが問題だという。

学習指導要領に即してない？　中学生の発達段階にはそぐわない？　バカらしいのひとことだ。

金八先生のあの時代でさえ、子どもたちは性に関するあらゆる情報に囲まれていた。今は、中学生の多くがスマートフォンを持ち、世界中のありとあらゆる情報と一瞬でつながることができるネット社会である。

ＳＮＳで援助交際の相手を探す少女たちもいると聞く。もちろん、ほんの一部である。それでも、知識の乏しい少女たちを性の食い物にする輩《やから》が存在するという事実を忘れてはならない。

世界では、望まない妊娠や性感染症を防ぐための性教育を中学生までに教えるのがスタンダードである。明らかに日本は遅れをとっており、だから「日本人は国際感覚がない」と未だ言われるのだ。

第三章

シングルマザーの子育て

私が名誉ある出戻りを選んだわけ

私は、シングルマザーである。子どもは、息子ひとり。赤ん坊、幼児期、学齢期……と、それなりに親子で力を合わせ、彼が完全にひとり立ちするまで、母子の歴史を共に刻んできた。

今や息子も、すでに五十六歳。シナリオライターなどという因果な商売を持つオフクロの影響かどうかは分からないが、高校時代から自主映画制作に傾倒するようになり、現在は利重剛《りじゅうごう》という名で監督や役者をやっている。一方プライベートでは、中学生の娘を持つ父でもある。

基本、つかず離れずのほどよい関係で、普段の会話も、たまに電話がきて「元気ー？」くらいなもの。私も、息子が出ているドラマはほとんど観ることはない。まあ、それは彼がいちいち教えてくれないからだが。

ただ、定期的に孫娘を連れてきてくれたり、毎年、孫娘の写真入りカレンダーをつくって送ってくれたりと、なかなかいい親孝行もしてもらっている。これは私の子育ての賜物か？　と自画自賛も悪くない。

さて、私が脚本家の道を歩き始めたのは、まさにこのひとり息子を出産したことがきっかけである。

戦争が終わり、その後は親に守られつつノホホンと成人した私は、満二十歳で「自立するから」と生意気にも横浜市の実家を飛び出した。

まだテレビなどない時代で、映画が一番の娯楽だった時代に育った私は、映画の世界にあこがれ、映画監督になりたかったのだ。結局、当時の男社会では女の子は助監督にもなれないことが分かり、制作現場のスクリプター（記録係）の見習いになるわけだが。

映画界に飛び込む前は、夜間の映画学校に通った。家を出た私は、そこで知り合った大学生たちと、東京狛江《こまえ》市の家の離れを借りて共同生活を始める。夜を徹して映画を語り、楽しかった。

しかしそれほど甘くなくてひとり去り、ふたり去り……と解散状態となり、気づけば共同生活は、残った学生と私の同棲生活になってしまった。そして十二年目・三十二歳のときに、長男を授かった。

が、出産して四ヶ月目、その生活はご破算となってしまう。

最初は、母子ふたりで生きていくつもりだった。

となると、まずは部屋を借りなければならない。しかし、当時はコンクリート構造のマンションではなく、木造アパート。夜中に赤ん坊が泣いて、隣から「うるさい！」と苦情を言われることもあるだろう。

それに、すでに優秀なスクリプターとして、あの深作欣二《ふかさくきんじ》よりもギャラが上だったほど活躍はしていたが、収入は不安定のうえ、撮影所やロケ現場に乳飲み子を背負って行くわけにはいかない。

さらに当時は周りにはシングルマザーなぞおらず、ロールモデルにできる人もいなかったため、先が見えず、シトシトと雨降る夜に「いっそこの子と……」なんてよからぬ想像をしたこともあった。

しかし虐待や母子心中に走ることなく今日までやってこられたのは、恥を忍んで〝名誉ある出戻り〟を選んだからだ。

両親にご近所さんへの肩身の狭い思いをさせるかもしれないという不安はあったが、意外や父も母も喜んで迎え入れてくれた。

おそらく、元旦那は両親が見込んだ相手ではなかったし、不安定な収入のことも含めて、口にはしなかったが、私の結婚生活をよほど心配していたのだろう。父に至っては、生後四ヶ月の息子を見て、「男の子を連れて帰ってくるなんてでかしたもんだ！」と手放しの喜びようで、背中におぶうと自転車に乗り、町内をひとまわりして見せびらかしているようにみえた。

だから息子には、物心がついたときにはすでに父親はおらず、周りは母方の人間ばかりであった。しかし私は、パパの悪口だけは言わないでほしいと一族にお願いした。離婚したとはいえ、息子にとってはまぎれもなく血のつながった父親。お前のパパはこうだった、ああだったとマイナスのイメージを植えつけたくはなかったのだ。

とはいえ、いずれ「どうして僕にはパパがいないの？」と疑問に思うようになるだろう。かといって、幼少時は離婚について話したところで理解できるはずもない。そこで私は、息子が小学生である間、「パパはアメリカでアニメの仕事をしているんだ」と伝えることにした。

元夫にも、「今は息子に会いたいだろうけれど、間違いなく育てるから、私がいいと言うときまで我慢してほしい。ただし、息子には自分にも父親がいるんだと揺るぎない気持ちでいてもらいたいから、誕生日とクリスマスだけはなにか送ってほしい」と頼んだ。

元夫も私のその言葉にうなずき、毎年必ずプレゼントを送ってくれた。

ところが小学校高学年になったとき、息子にこう尋ねられた。

「あのさー、パパからプレゼントを送ってもらえるのはうれしいんだけどさ、なんで伊勢丹の包みなの?」

我が息子ながら、なかなかに鋭い。しかし、オフクロもプロの脚本家として慌ててはならない。

「なに言ってるの。日本でも、海外のデパートのカタログを見て、こういうのが欲しいねって話してるじゃない。アメリカにだって日本人はたくさんいるんだから、伊勢丹のカタログもあるのだよ。パパはきっとそのカタログを見て選んだんじゃない？」

心の中はドキドキだが、表情や口調はあくまでアッケラカンと。

「なるほど」

騙されやすい子なのかすんなり納得してくれて、ほっと安堵したものだ。

次に母親として緊張感が高まったのは、中学生になる直前の春休みのこと。そろそろ息子に真実を話したいと、元夫から連絡がきたのである。

息子ももう、物事の分別を判断できる年になった。だから私は息子を信じて、父親からの手紙を渡した。

息子は、実は父親が日本にいたことに驚いてはいたが、抵抗なく受け入れてくれた。周りのみなが自分のために見事に嘘をついていたことも理解してくれたようだ。

であれば、あとは好きなときにふたりで電話をして、会いたいときには会えばいいじゃないか。私の覚悟も決まった。初めての待ち合わせだけ同行して、「こちらパパです」「こちら息子です」なんてお互いを紹介したら、お役御免だ。

息子がどんな顔をして帰ってくるだろうとソワソワしつつも自宅で待っていれば、「楽しかった。面白かった」と満足した様子。本当かどうか、心配顔の母親を思っての報告なのか、一緒に映画を観たり、本やレコードを買ってもらったのだそうだ。

その後も、父と子の交流は続いたようだが、どんなやりとりがふたりの間にあったのか、いちいち問うようなことはしない。母子にとって避けられない実の父親のことに関して、もう息子に隠し事がないというスッキリとした気持ちで見守ったし、それによって母子の信頼関係がより深まったような気もする。

シングルマザーとして生きるということ

父子の再会までは離婚してから十年以上かかったわけだが、出戻りした頃は、ふたりの私の兄もそれぞれ結婚し、長兄は同じ敷地内に、次兄は道路を挟んで向かいに居を構えていた。父親のように見守ってくれる存在がすぐそばにいて、さらにイトコになる子たちも数名いて、息子が末っ子的にかわいがってもらえたのはよかった。

ただし、私たち母子の生活費は自分で稼がなければならない。少なくとも息子が十五歳になるまでは、親として養育の義務がある。同居させてもらっている両親の生活費も欲しかった。しかし、スクリプターはもうやれない。

そこで、家にいて息子の様子を見ながらできる仕事として、私はシナリオライターとなった。

当時、シナリオライター養成所なんてものは存在しなかったが、スクリプターとして一本立ちしてから九年の実績があるため、シナリオについては心得ている。さらに出産までの間にも、短編の二、三本は脚本を書き、それもモノになっていた。まさに、門前の小僧、習わぬ経を読む、である。

こうして私はシナリオライターとして出発し、「お金というものは、汗水流して働けば入ってくるものなんだよ」という昔からの母の教えを胸に、子ども向け番組から、硬派な取材ものまでなんでも引き受けた。

厚生労働省が発表した二〇一七年の離婚件数は、二十一万二千組。また、シングルマザーの数も優に百万人を超えているようで、日本では離婚も、シングルマザーとして生きることも、珍しいものではなくなっている。

女性の社会進出が叫ばれて久しく、専業主婦世帯よりも共働き世帯が主流になり、また私の時代に比べて、ひとり親家庭への手当や支援制度が充実しつつあり、女性が離婚やシングルマザーとして生きることを選ぶようになっているのだろうか。

私の周りでも最近、三人の女性が離婚した。三人ともまだ幼い子どもを抱えているので、母親的存在の私はかなり心配である。

なぜなら、シングルマザーの貧困が社会問題となっている現状もあるからだ。

二〇一四年には、生活苦で県営住宅の家賃が払えず、強制退去が行われる当日に、精神的に追い詰められた母親が中学二年生の娘を殺害する事件まで起きた。なんとも不幸な結末である。

シングルマザーの私が言うのもなんだが、正直、子どもには両親がそろっているほうがいい、というのが持論である。男親にしかできないこと、女親だからできること、があるからだ。

私の経験で言うと、育てているのが息子ゆえに、思春期の性教育についてはやはりよく分からないことが多く頭を悩ませた。

とはいえ、死別など、やむを得ない事情でシングルマザーになる場合もあるだろう。また、会話もないほどの不仲やＤＶなどは、いくら両親がそろっていたとしても、子どもの成長に悪影響を及ぼしてしまう。

いずれにしても、シングルマザーになると決めたのなら、しかと腹をくってほしいし、今後の生活に待っているであろう苦難から目を背けず、我が子を守る覚悟を持ってほしい。

もちろん、素敵な男性と出会ったなら、もう一度結婚するのもいいだろう。オフクロをちゃんと見てくれている男性がいるというのは、子どもにとって決して悪いことではない。

その代わり、同じ失敗を繰り返さぬよう、一緒になる前に真剣に話し合うこと。再婚相手や内縁の夫が、〝しつけ〟と称して妻の連れ子を虐待死させるという、なんとも目を覆《おお》いたくなる事件が後を絶たないからこそ、シングルマザーは我が子を第一に、相手を見極めてほしい。

ろくでもない男に引っかかってしまうのは、母子ふたりの先行きが不安だらけで、母親の精神状態が不安定だという側面もあるに違いない。

そういうときは、私のように、頼れる身内を遠慮なく頼っていいのだと思う。ただし、すべてを甘えて過ごすのではなく、母子ふたりの生活基盤をきちんと整えることは忘れずに。

でなければ、子どもに最低限してやりたいこともできなくなる。それがいつしか子どもの不満につながり、成長と共にねじれてきて、「オフクロが勝手に自分を連れて離婚しちゃったから、オヤジになにもしてもらえないんだ」などと言われたら……、母として一番不幸なことである。

生活の基盤を整えるには、まず仕事だ。これはシングルマザーに限らず、働くママにも言えることだが、外で働いていると、どこか子どもに後ろめたさを感じてしまうものだ。

だけど、申し訳なく感じる必要はない。これは、私自身が母に言われたことでもある。

「その代わり、一日に一回、ぎゅっと抱いてやる。そうするとね、子どもは安心するものよ」

母も、四人の子どもを育てながら、蒲鉾製造問屋の女将さんとして忙しい日々を送っていた。そんな中で私のことを抱いてくれたのかな？　と、さすがに記憶にはない幼い頃に思いを馳せたものだ。

そうして注がれた愛情は、たしかに私の心と体に染みついている。だから私も、どんなに忙しくとも、息子を抱きしめ続けた。

そのおかげ……かどうかは証明できないけれど、なかなかいい男に成長してくれたと、親バカながらに思っている。

息子との絆づくりはまとめてたっぷりと

シナリオライターは不安定な職業である。息子を養っていくためには、生活を安定させなくてはならない。だから私の子育てはまず、〝我が家は母親の仕事優先である〟ということを、息子が赤ん坊の頃から体臭のように身につけさせることから始まった。

そうした生活には当然、偏見をもたれることもあったが、誰かにグチっても解決するものではないから、私は我が子と力を合わせ、ときには不器用ゆえにあっちこっちにぶつかりつつも、元気に乗り越えてきた。

それができたのは、然るべきタイミングで、ちゃんと親子で話し合えてきたことが大きいように思う。

考え方がまったく違う人間同士が一緒に暮らすというのは不幸である。ゆえに、良い家庭とは、いかに〝話し合い〟ができているかどうかにかかっているのではないだろうか。

とはいえ、我が家は母子家庭。母親の仕事が優先で、かつ、ありがたいことにシナリオライターとして忙しい日々を送っていたため、毎日息子とおしゃべりに興じるわけにはいかない。特に締め切りが迫っている仕事を抱えているときはなおさらだ。

だから私は、まとめてやれるときに、息子との時間をたっぷりととり、迫力を持って話し合ってきた。

人生とは旅である。そんなことを息子と語ったのは、彼が満十歳、小学四年生の夏の終わり。私はというと、長い仕事をようやく終えた二日後のことだった。

その頃、私は仕事が立て込んでいて、夏休みのほとんどを息子のために費やせていなかった。しかし「必ず一緒にどこかへ行くから、それまで我慢して待っててね」と約束していた。

そしてようやく当時取りかかっていた脚本を脱稿した私は、横浜鶴見の自宅から愛知県にある犬山明治村までの道のりを十八日間かけて歩いて行く旅に、息子を誘った。

飛行機に乗って九州に行ってもよかったが、それでは面白くない。私は彼と一緒に、〝同じ体験〟をしたかったのだ。

この先、息子は体力を増し、逆に私の体力は落ちていく一方。ちょうど今が均衡《きんこう》の時期で、同じ体験をするには今しかない。移動手段は徒歩のみのふたり旅は二度とできないだろうと思っての計画だった。

息子は、私の父——彼にとってはおじいちゃんが大好きだった。ちなみに、息子の芸名は祖父の名前「利重《とししげ》」からとっている。息子が小学二年生の終わり頃に他界してしまったが、明治村でおじいちゃんが待っているような気がしたらしい。ふたつ返事で賛成してくれた。

ふたりして、シャツの上にデニムのチョッキを着て、Gパンをはき、頭にはテンガロンハット……と同じものを身につけ、リュックサックを背負う。

困ったのは、旅費のしまい場所だ。クレジットカードはもとよりATMだってあまりなかった時代だから、十八日分の食事代と宿代は現金を持ち歩かなければならない。苦慮の末、丸いカバーのかかった水筒のチャックを開け、スキマにお金を挟むことにした。昔の人も大変だったと思う。

いざ出発！　で、東海自然歩道を母と子でひたすら進む。

息子は本当に山に強い子で、たったかたったか順調に歩いていく。一方、私は二日前まで家にこもってシナリオを書いていたから、運動不足そのもの。胸をドキドキさせながら、なんとか息子についていっている状態である。

ちょうどいい長さの木の枝を見つけ、それを杖代わりにしながら、私は息子に話しかけた。

「平らな場所は別として、もうこれで、こんなふうに山道を歩くような旅は君とはできないね。きっとこの次は、ママじゃない人と歩くんだろうね」

「うん」

しんみりとした気持ちを抱えての問いかけだったのに、息子の返事はあっさりとしたもので、思わず笑ってしまった。

さて、準備は万端、のつもりだったが、初日に泊まろうと思っていた宿が七夕豪雨で流されてしまっているではないか。仕方がないので、第一夜は山中湖で宿をとり、その翌日は、河口湖のホテルまで歩いていってチェックイン。

三日目にしてようやく民宿に宿泊できたら、あとはこっちのもの。「この先にどこかいい宿をご存知ですか？」と尋ねれば、親子だからか相手も親身になって知人の宿を紹介してくれる。それを繰り返して、残りの宿は事なきを得た。

時には民宿で雨に降り込められて二泊して、時には温泉宿で洗濯もする。また、一度は途中まで山を上がったけれど、時間的に今晩の宿までたどり着けないと判断し、「これを〝勇気ある撤退〟と言うんだ」と息子に教えつつ下りたこともあった。

その途中、息子はさすがに疲れたのだろう。「ママ、どうしてこのへんには自動販売機がないの？」と聞く。

「自動販売機で買える飲み物は冷たいから、今飲んだら気持ちがいいのに、と君は思っているでしょ？　でも、飲み物を冷やすには電気が必要なんだよ。こんな山の中に誰が電気を引くというの」

「そうかー」

これもひとつの学びだ。普段なら、なかなか出てこない会話でもある。自動販売機はないから、喉が渇いたときには、おそろいの水筒に入れた水を飲まなければならない。

私はわざと息子の水筒から飲む。すると彼は、「僕のばっかり飲んでる。ママずるい!」とブーブー文句をたれ始める。それでも、私は知らん顔を続けた。

きっとしばらくは、彼の心中は穏やかではなかったはずだ。だけど十八日間も一緒に旅をしていれば、そのうち自ら気づくのである。ママはいじわるで僕のほうの水を飲んでいたわけではなく、僕が歩きやすいように水筒を軽くしてくれているのだ、と。

すると今度は、私が蛇《へび》を苦手だと知っている息子が、「草がいっぱい生えているところは僕が前を歩く!」と頼もしい背中を見せてくれる。

そんなふうに助け合った親子の旅は、大変ではあったが、ここぞとばかりにいろんな会話もできて楽しかったし、なにより達成感があって、忘れられない思い出となった。そのときに使った木の杖も、現在の自宅玄関に大切に飾ってある。

私の幸せな親子旅とは裏腹に、世の中では相変わらず、親殺し・子殺しのニュースが流れている。

警察庁の発表によると、二〇一六年に摘発した殺人事件のうち五十五パーセントが親族間によるものだという。多くは老老介護の末に配偶者や実父母を殺してしまうケースだろうが、十～二十代の若者による親殺しも増加傾向にあるようだ。

私が金八先生の第二シリーズを執筆していた一九八〇年にも、二十歳の予備校生が両親を金属バットで撲殺した事件が話題を呼んだ。そしてつい最近も、似たような事件が幾度となく起きている。

つまり、親殺し・子殺しは時代のせいではなく、やはり家庭内のコミュニケーションが圧倒的に不足していることが大きな要因のひとつなのかもしれない。

特に今は、私が盛んに金八先生を書いていた時代よりも、親子関係が希薄になってきている気がする。

働く女性が増え、家計にゆとりが出てきたためか、母親は自分の趣味に没頭し、子どもには水泳、英会話、バレエ、学習塾など、さまざまな習いごとをさせている。子どもにとってはいい迷惑だけれど、家にいて小言を並べられるよりはいいと、嫌々ながらも通っている。

これでは、親子でゆっくり話す時間がとれるはずもない。子どものささいな変化に気づくこともできないだろう。

にもかかわらず、たまに顔を合われば「宿題はしたの？」「明日の予習はしたの？」では元も子もない。

これは私の科学的論拠に基づかない独断だが、本当に頭のいい子というのは、成績とは別に、その場その場で的確な判断ができる子だと思う。そういう子たちは総じて、小さいときからよく親と話し合っている。

そして、他人の話が理解できるということは、学校での勉強も理解できることにつながるのではないだろうか。

学力を支えるのは、人の話を聞くことと、読解力である。だから、我が子を頭のいい子にしたいなら、折りに触れて、親子でさまざまな話をすることをおすすめする。

ついでに子どもにお手伝いをさせれば、親の手間が減るという魂胆はありつつも、コミュニケーションはさらに増え、親にとっても一石二鳥である。

私も、仕事優先とはいえ、感じたことを家の中で気軽に話し合える雰囲気はつくっていたように思う。

たとえば、息子にも他人事ではないような記事を新聞で見かければ、彼にも読ませ、「君はどう思う?」とよく質問した。そして彼の意見を聞いて、「我が子が思っていたより大人になっているな」、あるいは「まだ世の中を知らないんだな」などと考えつつ、「ママはこう思う」なんて話もしてみたり。

そうして築き上げた親子関係があれば、多少口うるさく言われたところで、子どもが親からの愛情を疑うことはないし、ましてや「殺したい」などという歪んだ感情は生まれてこないのではなかろうか。

親離れ・子離れ
〜小山内家の場合〜

親子のコミュニケーション不足について前述したが、一方で、最近は〝毒親〟〝ヘリコプターペアレント〟〝カーリングペアレント〟などという言葉で表現される過保護・過干渉も、将来的に親子関係を歪ませる要因のひとつだろう。

親が必要以上に出しゃばりすぎるせいで、子どもが成長するために自ら乗り越えるべき障害や悩み、失敗を経験できないまま成人してしまうのは、誰の得にもならない。結果、自立できずニートになるなど、社会からドロップアウトしてしまう可能性もある。

さらに、「自分がこうなってしまったのはすべて親のせいだ」と憎しみを膨らませ、親を殺害……といった事件も珍しくない。

そうならないためには、上手に〝親離れ〟〝子離れ〟をすることが先決である。

もちろん、いきなり、は難しい。しかしいずれは別々に生きていくのだから、そこは親としても覚悟を決めて、子どもの自立心が芽生え始めた頃から段階的に子離れの訓練をしておくほうがいいのではないか。

そう考えると、私は仕事を持っているから、子どもの世話だけに力を注ぐことはできなかった。子どもを理由に仕事を断ったこともない。ゆえに、子離れは比較的スムーズだったと言えるだろう。

私の子離れ第一段階は、予期せず訪れたきっかけではあるが、小六の息子との別居生活だ。

予期せず、というのは、別居の原因が母の健康状態にあったから。その数年前に父が心臓疾患であっけなく逝ってしまったこともあり、私は喘息気味の母の病状にはかなり神経質になっていた。そしてお医者さんのアドバイスもあって、自宅のある横浜鶴見から熱海へと連れていった。

熱海市のはずれの山の中に小さな家を建てたが、そこには自然の緑があり、青い海と澄んだ空気がある。朝起きれば即、森林浴で、引き込んだ温泉の療法もよかったようで、母はみるみる回復した。

そのときは、幸いというのも変だが、紙と鉛筆があればどこでもできるのが私の職業なので、母の病状の悪いときだけ熱海の家を利用し、そこで私も仕事をすればいいぐらいに考えていた。が、母が「ずっとここで暮らしたい」と言い出したのだ。家庭菜園もするつもりだという。

六月下旬のことだった。

小六の息子がいる私は頭を悩ませた。

あと一ヶ月足らずで夏休み。だから、それまで待って一緒に熱海へ移れば一番よいが、えてして年寄りの病気は季節の変わり目に猛威をふるう。苦渋の選択で、私は息子を呼び出した。

「おばあちゃんの体調を考えると、一日でも早く熱海に連れていかなければならない。でも、ママがおばあちゃんに付きっきりだとほとんど君に会えない。かといって君と一緒に鶴見に残ると、おばあちゃんの面倒は誰もみれない。今、おばあちゃんと君を天秤《てんびん》にかけて、どちらがママを必要としているかを考えたら、おばあちゃんのほうが弱者である。だから、しばらくの間、ママは弱者のほうにつくからね」

小学生に〝弱者〟だなんて言葉を使ってしまったけれど、息子は意外と呑気《のんき》なもので、すんなりと受け入れてくれた。どうやら、十歳の記念にふたりで敢行した十八日間の旅で、行動することにやたらと自信をつけてしまったらしい。

さらに、自宅の隣家には長兄が住んでいるし、次兄の店で十数年働いている青年が留守宅に息子と一緒に住んでくれることになった。おかげで、私はともかくも母とふたり、熱海に移ったのだった。

しかし、夏休みまでの一ヶ月をなんとか乗り切れば、山や広いところが好きな息子も熱海を気に入って、二学期からは熱海へ転校してくるだろうと甘い考えを持っていたのが間違いだった。

夏休みに数人の友だちを連れてやってきて、さんざん遊び尽くした息子は、「今度はお正月休みに来るね」と八月の末に帰っていき、結局、別居生活は小学校を卒業するまで続いてしまう。

とはいえ、私たちは別居生活の間も、週末になれば鶴見と熱海をお互いに行き来し、ふたりでじゃれ合ったり散歩したり、おしゃべりをしたりして過ごすことは忘れなかった。大事なことは都度都度、きちんと話し合う時間をつくってきた。

おかげで、息子とは物理的に離れていても心はつながっていると自信を持てたし、鶴見で暮らす彼を信頼して私は熱海で母の世話をまっとうすることができた。

今思い返せば、このときの経験は、小学六年生という思春期の入り口に立つ息子と私にほどよい距離感をもたらし、息子の自立心も育てられたのではないかと思っている。

思春期の子どもは、とかく干渉されるのを嫌う年頃だ。しかし一方で、ある程度干渉されなくては生きてゆかれない年頃でもある。

「放っておいて!」と言われても放ってはおけないのが親心ではあるが、それが強すぎると過保護や過干渉を起こしてしまう。逆にほったらかしにしすぎれば、子どもは生きていくうえで必要な基本的なことがなにも学べない。

この思春期の期間をどう有効に使うか。それぞれの家庭ごとに、大いに知恵をしぼらなければならない。

私たち親子は別居せざるを得ない状況にはなったが、もちろん、それは例外的なケースだ。まったく同じ家庭はないし、親子でどのような関係を築いていくのか、決定的なハウツーもない。

だからこそ、どちらかの主張を一方的に押し通すような話し合いではなく、お互いに譲れるところ・そうでないところをすり合わせつつ、親子間のルールづくりをしたいものだ。それが、上手な〝親離れ〟〝子離れ〟につながっていくのではないだろうか。

母から息子への性教育

小六で半年間が別居生活となってしまった母子ではあるが、私には、中学の三年間は絶対に母子一緒でなくては、という思い込みのような信念があった。

中学生になれば、半分は大人である。第二次性徴を通過する時期で、体つきも変わってくるし、声変わりもする。物の考え方も感じ方も、小学生よりは複雑になるだろう。中学の成長過程こそ親の責任が問われるときで、義務教育が終了するまで親には監督義務がある。

そこで小六の冬休み、私と息子は旅に出た。一週間のスケジュールで、白馬でスキーをしながら、母子の今後のことを相談するためだ。

私は懸命に説得し、「高校は東京へ行かせてほしい」という息子の条件をのんで、中学三年間は熱海で一緒に暮らすこととなった。

息子もはじめは頑《かたく》なところがあったが、熱海の中学でかけがえのない友人たちとも出会え、高校進学の際には「中学三年間、ここで過ごして本当によかった」と言って横浜の家へと戻っていった。私もその後ろ姿を見て、やはり一緒に暮らしてよかったと感極まったものだ。

東京の高校へ進んでからは映画部に熱中し始め、小六のときのように週末ごとに帰ってくることはなくなったが、それはすでに話し合っていたことである。

中には、高校生でひとり暮らしをすることになった息子を、「可哀想に」と言ってくれる人たちもいた。だが、炊事も洗濯も、すべては彼が望んだ高校生活に付随《ふずい》していたものだから、「かわいい子には旅をさせろというでしょ」と母はアッケラカンと言い返した。

息子と決めたルールは、「ひとりで判断がつかないときだけは、必ず電話をするように」ということだけ。きっとこのタイミングが、私たちの親離れ・子離れの第二段階だったのだろう。

そんなほどよい関係を保ってきた私と息子だが、中学三年間で最も私の頭を悩ませたのは、やはり性の問題である。

私は男だらけの家に育ったとはいえ、男性の生理については本当のところよく分かっていない。しかし我が家の場合は父親がいないのだから、母親である私が知恵をしぼるしかなかった。

私としては、性の問題やセックスを汚いことだと植えつけるようなまねはしたくない。だから、この手の話はカラッと晴れた日に、なるべく早くから明るくするよう徹底した。

たとえば中学一年生のある晴れた日、私は精通の話をする。

「あるとき君は、〝爆発〟するよ」

「爆発⁉」

当然、息子はなんのことか理解できず、キョトンとした表情を浮かべている。

「ママもよく分からないんだけど、ある朝、パンツの中がカパッとなっているのを君は確認することになる。おしっこだったらビチョッと濡れているけどね、カパカパッとなっていれば、それが爆発の跡なのだよ」

「ふーん」

「だけど、その爆発はちっとも変なことではなくて、赤ちゃんに歯が生え始めてむずがるのと同じこと。君が順調に成長している証《あかし》である。だからママが君の初めての歯を見て、ヨシヨシと安心したように、爆発もママが親として確認しておかなければいけないことなんだ。そのあと何度も聞くようなことはしないから、初めて爆発したときにはママに教えてね」

もちろんこれは、口からデマカセだ。過干渉とギリギリの線で、そう思い込ませただけである。

それからしばらくして、私は「ねぇ」と息子に部屋へ呼ばれた。

「ママ、これ？」

と脱いだパンツを見せられる。私も初めて目の当たりにするけれど、たぶんそうだと確信したから、

「これだよ。よかったね。おめでとう」

と祝福する。そして今後爆発があったら、入浴したときに自分でパンツを手洗いして洗濯機に入れておくよう指示した。また、何度も聞かないと約束もしていたから、それ以降、私は息子の爆発物を見ていない。

私は〝爆発〟としたが、このようにそれぞれの家庭で抵抗なく使える言葉をつくっておけば、重く考えがちな性の問題も、もう少し、アッケラカンと語り合えるのではないだろうか。

たとえば我が家では、ペニスのことを〝オチントンシャン〟と呼ぶ。幼稚園の頃に

はすでに定着していたから、息子が中学生・高校生となっても使い続けた。きっと息子にも親しみをもって響いたに違いない。

そんな教育もあってか、息子は思春期真っ最中ではあったものの、比較的オープンにいろんなことを話してくれたように思う。

ある日、学校から帰ってくると、

「ママ、ホウケイって知ってる？」

「知ってるヨ。包む茎と書いて包茎と読むのだけど、君の茎は大丈夫かい？」

しかしまたもや息子の顔はハテナマークだらけ。なにが大丈夫なのか、分かっていない。じゃあどうしてそんなことを尋ねたのかと問うと、

「今日、中学のトイレで友だちがおしっこしてたんだけど、後ろからポンと叩かれた弾みで皮が剥けちゃったんだ」

「それはよかったね」

「えっ、どうして？」

「大人になってなかなか剥けないとね、病院でジョキジョキ剥いてもらうんだってさ」

「痛そう」

「痛そうだよね」

こういうときは真面目に面白がるのが、小山内流である。

だから件《くだん》の同級生が山の上の自宅へ遊びに来たときには、「剥けた子、この子？」なんてあからさまに聞いたし、息子も「そうだよ」とあっさり答えてくれた。

とはいえ、深追いは禁物である。

あれは、中学三年生のときだ。

「君はマスターベーションの経験はおありか？」

「……」

一瞬の沈黙のあと、息子はそっぽを向いてコクンとうなずいた。

私は、その行為に罪悪感を持つ必要はないのだよ、と言ってやるつもりだったのだが、私に対して嫌悪感を持ったと分かったので、ヨシヨシとその場を逃げ出してしまった。

だから、高校入学で再び母子別居生活が始まったとき、私は改めて息子と性についいて語り合うことにした。このときは、まだ見もしない相手のお嬢さんを思いやってというより、あくまで手元を離れる息子に対して、「奇跡のような確率で生まれてきた命を一生懸命大事にしてほしい」という願いが強かった。

テーマは、息子がどうしてこの世に生まれてきたのか、である。私は図解での説明はしたくないため、いつもの物語調で話を進める。

「おじいちゃんが亡くなったときね、ママはおじいちゃんの体をすみずみまでキレイにふいたでしょ」

「うん」

息子は当時小学二年生で、その姿を私の隣で見ていたため、しっかり覚えていたようだ。

「そして、オチントンシャンもママが丁寧にふいたんだ。とっても変な言い方かもしれないけど、ああ、ママの命はここからおばあちゃんに対するおじいちゃんの愛と一緒にほとばしり出たんだなって、オチントンシャンをふきながら、とっても神聖な気持ちがしたわ」

「うん……」

「だから君も同じようにね、二億五千という数の兄弟たちと一緒に、ママの体の中の母なる川を遡《さかのぼ》ってきたんだよ。向かうべきゴールは決まっているから、みんな我先にと急ぐんだ。そして、自分が一番だと思った兄弟が最後の最後につまずいて転んで——いや、本当にそういうことがあるのかどうかは分からないけれど、次のがその上を飛び越え、ゴールで待っていた卵子さんと抱き合って、愛を確認し、君が生まれたんだ」

「そっかぁ」

父親のいなかった息子にとって最も敬愛する存在であった祖父から受け継がれた命が自分であるということ。神妙な顔つきで深くうなずいた、高校生になった彼を見れば、母としては不安もわずかにあった高校でのひとり暮らしもきっと大丈夫だろうと思うことにした。

金八の時代にはなかった〝ネットいじめ〟

私が金八先生を書いてきた時代となにも変わっていない！　と憤然としているのが、〝イジメ〟の問題である。今も、イジメを苦にした不登校や自殺のニュースが相次いでいるではないか。

しかも、生徒やその親が被害を訴えていたにもかかわらず、メディアで問題視されて初めて、当初は「イジメかどうか断定できない」などと保身に走っていた学校や教育委員会もようやく重い腰をあげ、再調査を行うという始末。いったいこの国の教育はどうなっているのだろうか。

もしも自分の子どもが自殺なんてしたら、親としてはたまったものじゃない。しかも原因がイジメであれば、それはもう殺されたのと同じこと。だから我が子がそんな目に遭ったら、私もその相手を殺す。出刃包丁を持って、グサッと。そうしないと気が済まない。

なんてことを口にすれば、「小山内さん、すごく過激」「それはテロです」と周りはびっくりするけれど、親が過激じゃないと誰が我が子を守るのだ。子どものケンカも、度が過ぎれば親が出ていっていいのである。

ただ、私にそんな機会が訪れることがなかったのは、ありがたいことだった。

というのも、私もひとりの母親として、息子が熱海の中学に入学する際には、多分に漏れず心配したものだ。優しさと骨っぽさの両方を持った都会型の子だったから、友だちができなかったらどうしよう、いじめられないといいな、と案じていた。

しかし、杞憂《きゆう》に終わった。中学生になって数日後、帰ってくるや、「友だちができたよ！」と目を輝かせた。

聞けば、休み時間に廊下へ出ると、ひとりの少年が無いボールを投げる格好を何度もしていたから、息子はボールが本当に飛んできたかのように手を出し、受け取ったマネをしたとのこと。相手は驚きつつも面白がって、それに付き合い、しばらくニセのキャッチボールをしたようだ。

友だちは待っていてもやってくるものではない。自分で仲間になっていかなければ。それを言葉にすれば教訓じみてしまうので、あえて言わなかったが、息子はちゃんと試みていた。私は胸が熱くなる思いだった。

こんなふうに、自分の身を守るために友だちをつくってしまう積極性がどの子にもあればいいのに……と、自殺のニュースを見聞きするたび、そう願わずにはいられない。


我が子のことでは過激なことをせずにすんだ私だが、そういえば一度、こんな〝事件〟に遭遇したことがあった。

まだ息子が小さい頃、空き地の脇を歩いていたとき、小学生と思わしき子たちが五、六人いた。なにをしているんだろうと注目すると、どうやら輪の真ん中にひとりいて、いじめられているようだ。

私は過激な（?）大人だから、もちろん見て見ぬふりなどしない。少し前まで雨が降っていたから、手には閉じた傘を持っている。それを振り上げ、「コラー！　あんたたち、なにしてんの！」と怒鳴りながら彼らに向かっていけば、彼らは驚いて逃げてしまった。

そんなエピソードも金八の元になっているのだが、大人が少しでも怯《ひる》みを見せると、子どもたちはそれを敏感に感じ取って、至るところで好き勝手に暴れまくる。逆に、大人が毅然とした態度を示せば、耳を傾ける素直さも併せ持っている不確かな生き物なのである。

ただ一方で、中学生だったか高校生だったかのイジメを見かけた会社員が注意をしたら逆に殴り殺されてしまったという事件もあるので、声をかけるかどうかの判断に迷うことがあるのも事実。相手の体格によっては、下手に手出しできない場合もある。

ではそういうときにどうするかというと、近所の人に言いつけてしまうのがいい。自分ひとりで解決できないことは、力を合わせて騒ぎ立てるのもひとつの方法だと思う。

学校内でのイジメもそう。イジメには方程式があり、イジメられっ子、イジメっ子、そしてイジメを傍観している子たち、の三者がいる。

私としては、傍観者が圧倒的に多勢《たぜい》なのだから結束して大人に訴える強さを見せてほしいところだが、子どもの不登校や自殺の数が減っていない現状を見る限り、なかなか理想どおりにはいっていないことが悔しくて仕方ない。

子は親を見て育つ。だから、他人になにかを言われるのが嫌で自分の意見を押し込めてしまう大人が多いことも、減らないイジメ事件の原因のひとつであるかもしれない。

もちろん、言い方には技術がいる。しかしそれは、失敗を重ねながら身についてくるものだ。

自分の信念を、迫力を持って主張することができたら、イジメ問題も、「やめろ！それはいけないことだ」と誰かが発言することで、陰湿な事件にまで発展せずにすむのではなかろうか。

私が金八でイジメの問題をテーマにしたのは、一九九五年スタートの第四シリーズだった。

その準備にとりかかろうとしていた八〇年代後半、友を死に至らせるイジメが全国的に広がり、中には教師までが一緒になってイジメられっ子のお葬式ごっこに参加するなどというあるまじきニュースも話題になっていた。

私はドラマの中にロールプレイを取り入れた。本当のイジメっ子にイジメられっ子の立場の役を与え、担任教師からも友だちからも容赦ない侮辱を受けさせた。動揺した彼がついに涙を浮かべたところでプレイを終了。彼はようやく、やられる側の恐怖に気づいたという設定にした。

最後に、ある中学教師が記録していたイジメによる自殺者の記録を金八に読み上げさせた。

次第に教室のあちこちからすすり泣きが聞こえ始める。演技ではない。イジメの酷《ひど》さを知った同年代の子どもの胸に、死を選ばざるを得なかった子らの無念さが伝わったのだろう。

この回は反響も大きく、参考にシナリオを譲ってほしいという多くの声が現場の学校から寄せられたそうだ。画面を通して映し出された少年少女たちのリアルな姿は、テレビの向こう側の人たちにもきっと伝わったと信じたい。

しかし時代は流れ、イジメの種類も様変わりし、より陰湿になっている気がする。

ここ数年、スマートフォンの普及が進み、中学生の大多数が所持しているという。そのせいで、金八先生で描いた時代のイジメは直接的だったのに対し、今は本人も気づかないうちにネットの掲示板に悪口を書かれたり個人情報をさらされたりして、いつの間にかイジメのターゲットになってしまっていることもある。

ネットの世界では匿名ゆえに、どこまでやっていいかの線引きもできず、どんどんエスカレートしているようだ。

私は携帯電話が出てきた頃から、これはヤバいな、と危惧《きぐ》していた。その頃はSNSの利用は一般的ではなかったから、イジメのツールになるというよりは、〝顔が見えない〟という属性が子どもたちを危険にさらすことになるのではないか、と恐れていた。

だから金八のある回では、携帯電話の危険性について取り上げた。

友だちとふたりで街へ遊びに出かけた女の子が親に電話をする。

「今、〇〇ちゃんのうちにいるの。夕飯をごちそうになるから帰りはちょっと遅くなるけど、心配しないで」

もちろん、嘘である。しばらくして、彼女の携帯に電話がかかってくる。顔も知らない相手と待ち合わせをしていたが、実際に会ってみると想像とまったく違うおじさんである。しかも、かわいいほうだけを車に乗せて立ち去ってしまう。

最終的には、残された女の子が心配して大人に相談し、事なきを得るのだけれど、親に嘘をついた女の子はえらく叱られる。私も、自分の娘だと思って親のセリフを書いたものだ。

そして今、スマホ時代である。先日、警察庁が発表したまとめによると、二〇一七年にＳＮＳを通じて犯罪に巻き込まれた十八歳未満の子どもは千八百十三人で、五年連続で最多を更新したという。

親も、インターネット上で子どもが友だちや他人とどんなやりとりをしているのか、なかなか気づきにくいとも聞く。では、どうすればいいのか。

結局は、親子の基本である、顔の見える〝話し合い〟ではなかろうか。

便利なデジタル社会が加速しているとはいえ、やはり相手の温度を感じられるアナログなコミュニケーションでこそ、信頼関係は築かれていくのだと私は思っている。

第四章

日本人へ

―― 私の遺言

自衛隊よりもかわいそうなのは文民警察だった

今、私は、『告白　あるPKO隊員の死・23年目の真実』という本を読んでいる。

一九九三年、日本が初めて本格的に参加したPKO（国連平和維持活動）の地・カンボジアで、日本文民警察隊の隊員、高田晴行《たかたはるゆき》氏が銃撃を受け、三十三歳という若さで亡くなった。その死の真相に迫ったNHKスペシャルが文化庁芸術祭で受賞するなど話題になり、書籍化されたのだ。

表紙には、高田さんが眠る木製の棺に背を向けた隊長が崩れ落ちそうになるのをオランダの兵士が抱きかかえている姿が映っている。

実はこの隊長――山崎裕人《やまざきひろと》氏とは、私がJHP活動隊としてカンボジア帰還難民のサポートをしていたときに出会って以来、親しくさせてもらっている。

活動隊の女の子が現地でパスポートをなくしてしまい、彼を頼ったこともあれば、反対に、警察大学の校長になった際には、彼の依頼で、学生たちを前に私が講演したこともあった。

初めて会ったときの彼は百八十五センチ・九十五キロ、隊長には体格で選ばれたのだろうと軽口を叩かれるほどの偉丈夫で、見るからに頼もしかった。しかし部下の殉職という悲劇に見舞われたあと、顔を合わせたときには表情がやつれ、げっそりと痩せてしまっており、こちらの胸までキリキリと痛んだものだ。

そして現在、陸上自衛隊のイラク派遣の日報が公開され、自衛隊の活動は「非戦闘地域に限る」と明言されていたにもかかわらず、日報には複数箇所にわたって「戦闘」という文字の記載があることが問題になっている。また、宿営地に迫撃砲を撃たれた記述もあり、彼らが常に危険と隣り合わせだったことがうかがえる。

死者が出なかったことだけは幸いだったが、政府が明らかにしたところによると、イラク特別措置法（二〇〇三年制定、二〇〇九年八月失効）に基づいて現地に派遣された自衛隊員のうち、帰国後に精神面に変調をきたし、自ら命を絶った隊員は二十九人もいるという。

そんな実態がある中で、南スーダンでのＰＫＯで武器の使用を認める「駆けつけ警護」が閣議決定されたのだと思うと、なにが日本は平和国家だ、誰が勝手なことを言っているのだと憤まんやるかたない。

しかし一方で、やはり日本初のＰＫＯで殉職者を出してしまった文民警察に思いを馳せずにはいられない。海外へ派遣されるなど思ってもみずに隊員に応募した自衛隊もかわいそうだけれど、一番かわいそうだったのは文民警察だったと、私はずっと言い続けている。

当時、カンボジアに派遣された自衛隊は六百名。日本では反対の声が大きかったが、ＰＫＯを想定した特別な訓練をしっかり行っている。しかも宿営地は、タケオというカンボジアで最も安全な地域だった。

その一隊とは別に、急遽派遣されることになったのが、文民警察隊だ。日本全国の警察から集められた七十五人は、そのほとんどが普通のおまわりさんである。武器も持たない丸腰の彼らが、いったいなにをしに行くというのだろう。

どうやら交通渋滞もすごいので、交通整理を教えるのだと聞いて、あ、そうなのか、と当時の私は思った。……が、実際にはそんな簡単な話ではなかったのである。生きるために必要な日用品も不便な派遣地で自分たちで調達しなければならなかったし、数名ずつに分かれての配置で、よその国の文民警察たちと一緒に活動するため、言葉の壁もあったようだ。

さらに任地は、カンボジアとタイとの国境にあるアンピルも近く、住民の家の中には自前の武器が転がっていて、そのあたりは、ポル・ポト派の残党が依然としてウロウロしており、危険な地域だと耳にタコができるほど聞かされていたから、私たちはある時期から、その付近には行かないようにしていた。

けれど結局、そこに赴任していた高田さんは、武装勢力の襲撃により亡くなられてしまった……。

この事件は当然、大きく報道された。しかし彼の名前を、今の若者はほとんど知らない。私はそれが、悔しくて仕方ない。

高田さんと時を同じくして、ＵＮＴＡＣ（国連カンボジア暫定統治機構）が実施した総選挙の監視員として活動中に銃撃され、二十五歳で殉死した国連ボランティアの中田厚仁《なかたあつひと》さんや、二〇〇三年にイラクで殺害されたイラン大使館参事官・奥克彦《おくかつひこ》さんについても同様だ。

中田さんは生前、日本の学生たちが来ているということで、プノンペンの収容センターを見学に訪れてくれたが、残念ながら、このとき私は顔を合わせていない。奥克彦さんには、クルド人難民キャンプでのボランティアでイランに遠征したときに案内してもらい、その後もさまざまなアドバイスをいただいたし、亡くなる直前にも「充分に注意せよ」というメールをいただいていた。

みな、すばらしい人だった。日本が一国平和主義に閉じこもらず、世界の平和に向けて一歩を踏み出すための先陣を切り、行動された。あらゆるアクシデントは想定していただろうが、志半ばで倒れることになって、どれほど無念であったろう。

だからこそ、彼らの名を、そして生き方を忘れることなく、心に刻んでおかなければならないと私は思っている。彼らの平和への思いを無駄にすることなく、戦争や飢えに直面している人々の側に立ち、その次の時代を生きる人々のことを考えて生きていきたいと願っている。

だから私は、次の時代を引っ張っていく若者たちと語り合うし、語り合いたい。若者たちと共にカンボジアに学校をつくり続けているのも、もちろん、そのひとつの方法である。

ＪＨＰは、高田さんのための学校建設に着手した。彼のお母さんの依頼があったからだが、もともとは、ＰＫＯでカンボジアに派遣された各国の文民警察の人たちが、帰国を前にして無事だった自分たちでお金を出し合い、高田さんを偲んで、彼が殉職した地に可愛がっていた子どものための学校をつくったのだ。この話に私は感動した。

しかし辺境だったから、ちゃんとした釘や建材を商う店はなく、村人の手造りの家と同様にその学校は壁も屋根も木造の草ぶき。私が訪れた際には、すでに二十年の月日が経っており、崩れて跡形もなかった。

高田さんのお母さんはその地区も平和になったことだし、息子の学校をつくり直したいと考えて、大使館に相談に行かれた。カンボジアで学校をつくるなら、ということで白羽の矢が立ったのが、ＪＨＰだった。けれど、その村にも建築業者はいたのに、それらの誰もが学校の再建を引き受けない。平和になったとはいえ、ポル・ポトの残党はいたし、なによりプノンペンから材料を運ぶとなると送料もかさむので、土地の業者はソロバンをはじいて尻込みするばかりだ。

私も乗り気ではなかった。高田さんを亡くされた御母堂のことを思うと胸が痛いが、JHPのスタッフのことも考えねばならない。ポル・ポト派に日本の警察官が殺されたところだということで、スタッフの家族からの大反対があった。事件があったときはマスコミも押しかけたし、重傷でタイの病院に運び込まれた人もいて血なまぐさく騒然としたところだったのだ。それと学校建設は物価の高騰があり、JHPの財政事情もある。

だが、御母堂は諦めなかった。こちらが提示した金額にも承知をされた。七、八百万円という大金である。日本全国にいる警察官に協力してもらったら……と知恵をお出ししたが、最終的にはそのほとんどを御母堂が出されたようだ。この時すでに八十歳になられている。ほぼ同年齢の私はそれで決めた。あと何年生きるか分からないが、ちゃんとしたものを残そうという覚悟である。学校は村人の人数と、孫の年代になる子どもの数などを考えて、三教室に決定。壁はしっかりしたレンガに、白いモルタルで仕上げた。高田さんの学校は二〇一四年二月に完成した。

贈呈式で学校を受け取る側は、村長さん、校長、父兄たちの立ち会い。学校を差し上げる方は、御母堂と高田さんの姉君、施工者を代表してＪＨＰ・学校をつくる会の小山内美江子（私）、一緒に東京を出発してきたＪＨＰの顧問・今川幸雄氏。今川さんは高田さんが銃撃を受けたまさにあのとき、日本国の大使としてプノンペンにおられたのだが、押し寄せる内外のマスコミとカンボジア政府との間で、クメール語を駆使して大活躍されていた。そして当時の日本国大使も、二日も首都を留守にしてこの贈呈式に参加してくださった。さらに悪路と戦ってＪＨＰの現地スタッフが全員、新築の学校に集結した。

私たちが東京から持参した高田晴行警視の遺影は教室内にとりつけた。日本警察官の正装に身を包んだ在りし日の姿であった。

今にも贈呈式が始まろうとしたまさにそのとき、つんのめるような勢いで一台の乗用車が到着。降り立ったのはかつての隊長、山崎裕人氏であった。昨夜来の激しい豪雨で飛行機が飛ぶか飛ばないか、全員をハラハラさせた隊長車が間に合ったということに、高田警視が隊長到着を信じて待っていたものと思うと、私の頬は自分で気づかぬうちに濡れていた。

私は贈呈式でのスピーチでは決まって、「今日からこの学校はあなたたちのものです。日本のみなさんの善意のお金でできたのだから、毎日きれいに掃除をして大切に使ってください。きれいに、というのは、〝清潔〟ということです。そうすると、悪い病気にはかかりません」と話すようにしている。

贈呈式は、それなりに立派なものだったと思う。

アンピルに建った三教室で周辺の子どもたちが一生懸命勉強してくれたら、高田さんの無念も少しは晴れるだろうか。

憲法九条の改正には断固反対である

二〇一八年三月末、陸上自衛隊内に離島奪還を目的とした「水陸機動団」が発足した。四月に行われた式典後には、アメリカの海兵隊員と共に、占領された離島に上陸して制圧する訓練が公開されたらしい。メディアで「日本版海兵隊」とも呼ばれているようだ。

同じく四月には、横浜港の米軍施設からオスプレイが首都圏の上空を飛行して、横田基地に降り立った。

このところ流れるニュースはミリタリーの匂いがプンプンして、太平洋戦争を経験している私の心は穏やかではない。

そもそも自衛隊は、一九五〇年六月、朝鮮戦争が起こって日本に駐留していたアメリカ兵たちが続々と半島へ向かい、手薄となった日本の治安維持の目的で警察予備隊という名前で生まれたものである。

あくまで専守防衛で、他国に攻められたとき自衛のために戦う組織だというけれど、攻めてくる仮想敵を定めて、日米韓による大掛かりな合同演習を行ったりするのは、私は反対である。

本来、日本は戦争が起こりそうなとき、仲介する立場に立たなくてはならないのだ。

その信念を胸に、太平洋戦争で敗戦国となった新生日本は出発したのだ。

戦後、一九四六年十一月三日に公布された新憲法、その第九条には、このように書かれている。

第九条　日本国民は、正義と秩序を基調とする国際平和を誠実に希求し、国権の発動たる戦争と、武力による威嚇又は武力の行使は、国際紛争を解決する手段としては、永久にこれを放棄する。

第二項　前項の目的を達するため、陸海空軍その他の戦力は、これを保持しない。国の交戦権は、これを認めない。

日本は永久に戦わないとはっきりと記され、太平洋戦争でこれ以上ない恐怖を味わった私たちの誰もが、「もう二度と戦争はしなくてもいいのだ！」と安心したと言っても過言ではない。

その日から、日本は平和国家として歩み始め、二度と戦争はしない国として世界に役立ってきたはずである。

私がそのことを実感できたのは、ヨルダンの難民キャンプへ飛んだとき。警備の若い中尉さんから、日本国憲法のすばらしさを熱く語られたのだ。

なにがすばらしいって、九条を持っていること。人類で唯一、核の洗礼を受けたが、亡くなった人のことも大事にしている姿勢がすばらしい、と。だけど、彼の国にはそういった法律がない。もう少しで大学を卒業するというときに、軍隊に入らざるを得なかったのだそうだ。

そして彼はこう力説した。

「今後揺らぐこともあるだろうけど、日本は世界の手本として、九条をしっかり持っていてほしい。日本が持っているのだから我々も、と発言して自分たちの支えにしている」

支えにしているというのは、どういうことか。

「戦争になってしまいそうなときに、イヤだと拒否できる。なぜなら、アジアにはそういう国——日本がいるじゃないか。だから、うちも戦争はしない。堂々とそう言える。日本というのは、自分たちにとってそういう立場の国なんだと思っている」

湾岸戦争で「金だけ出して、血も汗も流さない」と世界中から非難された日本のことをこんなふうに思ってくれている人がいるのだと感動した。さらに、その後もさまざまな国で、日本の憲法はすばらしいという称賛を受けた。スペイン・カナリア諸島には日本国憲法第九条の全文を美しい石に彫りつけた碑が立っているという。

にもかかわらず、安倍晋三首相は東京オリンピック・パラリンピックが開かれる二〇二〇年までに憲法九条を改正し、第三項として自衛隊の存在を記述する条文を加えると明言した。国民に対して、そんな勝手なことを言ってよいのか！

多くの憲法学者に違憲だとされている自衛隊にちゃんと戸籍をあげたいというようなことを言っているが、駆けつけ警護など昨今の動きを見る限り、有事の際には交戦するという意志が透けてみえる。

憲法が改正されるかどうかは、最終的に国民投票で決まるが、私は断固、反対である。第九条は今のまま、余計な文言を入れず、きれいにしておかないといけない。第一章でも書いたが、戦争は本当に金食い虫である。日本の未来をより良くしたいのであれば、憲法改正うんぬんよりも、子どもたちの教育に国家予算を割くほうがよっぽどいい。たとえば、軍備にお金をかけなくてすむ分、公立であれば大学まで無償にするといった施策を実現したり、戦争をしないための平和教育を充実させたりといった方向にシフトすれば、学校教育の質、ひいては人間力も急激に向上するのではなかろうか。

とにかく、私たちの年代には改憲はイヤだという人はかなり多い。亡くなった女学校時代の友人が書いた和歌の本に、「改憲だなんて言うような人が上に立ったら、私はこの国に住むのはイヤだわ」みたいことがピシッと書いてあった。およそそんなことを口にするような人ではない、とっても品のいい女性だったが、私と同じように心から戦争を憎んでいるということなのだ。戦後、どんな思いで憲法に「二度と戦争はしない」と入れたのか、改憲派はちっとも分かろうとしない。

あの戦争で亡くなった日本人は、三百万人と言われている。そのうち、大学生ほか、未来ある若者たちが五十万人。私のイトコも、ひとりは満州で、ひとりはグアムで戦死した。二十三歳と十九歳、どちらもこれからという若さだった。

また、母が親戚扱いをしていた浅草のおばさん一家とは、東京大空襲以降、会えていない。住んでいた辺りは、一面の焼け野原。火の中で骨も残さず焼け死んでしまったに違いない。

私たちが動員されていた軍需工場から、上空を艦載機が旋回する中、息絶え絶えで逃げのびて「じゃあ、また明日ね」と左右に別れてその明日に会えていない、三つ編み姿の友だちもいる。

みな、どんな思いで死んでいったのか、どんな気持ちで生きのびたいと思ったのか。それが、憲法第九条に凝縮しているのだ。

今、日本に生きる人々のほとんどが、戦争とはまだ生まれる以前、または物心がつく前の遠い出来事だろう。それだけに、二度と同じ過ちを繰り返さぬよう、あの戦争で生き残った者たちが真実を語り継いでいかなければならないと思っている。そして、憲法改正についても、声を大にして「ノー」を言い続ける所存だ。

私が十五歳のとき、太平洋戦争が終わった

昭和二十年四月、連日連夜の空襲警報があり、横浜鶴見にあった私の生家はB29がばらまいた焼夷弾で火に包まれ、灰になった。

時間差で逃げた父と落ち合う約束をしていた場所へ行く道はすべて、炎を上げている。母と弟と私が劫火から逃れるには、曹洞宗總持寺の広大な墓地へと伸びる坂道が一本あるだけだった。同じように逃げ場を断たれた人々が蟻の行列のごとく登ってい

く。

　途中、精神的にも肉体的にもくたびれてしまった私は、小さな脇道を入れば墓地の水場があることを知っていた。そこで休もうと母と弟に言った。

　そのとき、後ろから来ていた人が声をかけてくれた。

「もうひと息ですからがんばりましょう。この上には大きな頑丈な防空壕があるから！」

「ありがとうございます。すぐに追いかけますから」

　そう返事をしながら、私たちは横道へ逸《そ》れ、氷のような水を飲んだ。命の水だった。

　その直後のこと。一本道を逃げる人間を機関砲でなぎ倒すつもりで高度を下げたB29に日本の高射砲の砲弾が奇跡的に命中した。その瞬間、真っ暗闇だったあたりは真っ黄色になり、B29が抱いていた爆弾や焼夷弾が一斉に爆発し始めた。

　そのため、あの頑丈な防空壕に逃げた人々は全滅して、私たちは助かったのである。

　そしてその四ヶ月後の八月、日本軍の中国大陸侵略から始まった戦争がようやく終わった。私は女学校の三年生、十五歳であった。

終戦後は、横浜の港にアメリカ兵が大挙して上陸してきたため、若い女の子たちはヤラれてしまうからという理由で、疎開を余儀なくされた。結局、夜は外出しないなど用心さえすれば大丈夫だということで、四、五日で戻ってくることはできたが。戦争前の横浜港には父に連れられてよく行ったものの、戦後父とは一度も訪れていない。今は新しい街みなとみらいもでき、私の横浜はどこへいったの？　という感じである。

私は、長らく自分は戦争の被害者だと思っていた。しかしあるとき、同時に加害者でもあるのだと気がついた。

日本中が戦時体制という当時の教育によって、当たり前のように軍国少女となっていた私は、学徒動員令で「滅私奉公」と書かれた日の丸のはちまきをしめて、女学校の二年生から軍需工場に動員された。電線コイルの両端をテスターに当てて、教えられた数字がテスターの目盛りに合致するのとしないのとに選別する作業で、病院通いをしていた私には特別に軽い仕事をあてがわれていた。今は聞く人もいないため定かではないが、軍艦や戦闘機、または兵器などの一部であったことは間違いない。

また、その頃は映画を見に行くと、必ず戦争のニュースが流れていた。爆撃機のお腹から爆弾がバラバラと落ちる光景と共に、

「本日は絶好の空襲日和」

などとアナウンスが流れるたびに、みんな歓声をあげて拍手した。もちろん、私も手を叩いた。

しかし、その下でなにがどうなっているのか分からない。まさか空襲時の私のように逃げ回っている少女がいるとは夢にも思わなかった。

それが自分も空襲にさらされ、あのとき手を叩いたのは、これだったのだと骨身に染みることになる。そして、私が選別した電線コイルも、人の命を奪うことに手を貸した可能性があると自覚したとき、背筋が凍る思いがしたものだ。

そのうえ、十五歳という多感な年頃でがらりと価値観が変わった私の耳に、広島と長崎を襲った〝新型爆弾〟が、爆心地には七十五年間も新しい植物は生えないと言われ、〝核兵器〟だったことが知らされたのはずっと後であった。

一瞬の閃光と共に十数万人が焼き殺され、その放射能は命をとりとめた人の人生を苦しめ続けている。

私たちはその無残な犠牲のうえに、そして平和憲法の下、生きていられるということを肝に銘じてありがたく思っておかねばならない。

過去を未来に活かすことができるのは人間だけである。ゆえに、日本は世界唯一の核被爆国として、核兵器の廃絶を呼びかけていく使命があると思っている。

それなのに、日本が核兵器禁止条約に参加していないのは嘆かわしいことだ。二〇一七年にノーベル平和賞を授賞した「ＩＣＡＮ（核兵器廃絶国際キャンペーン）」の事務局長が来日し、安倍首相との面会を求めたにもかかわらず首相が拒否したことにも呆れ返ったし、情けない。

今や、広島型の数千倍もの破壊力を持つ核兵器が開発されているとも聞く。北朝鮮が核実験や大陸間弾道ミサイルの発射実験の中止を表明したのは喜ばしいことではあるが、まだまだ注視しなくてはならないし、アメリカやロシアをはじめ、核を保有している国はいくつもある。

核＝抑止力という言い分であり、日本も周辺国からの脅威に備えて軍備を増やさなければという意見もあるが、そこで踏みとどまって「核はいけない」と主張できなければ、世界で唯一の被爆国というのは単なる看板でしかない。

前アメリカ大統領であるオバマ氏が核なき世界を模索したように、核廃絶は特別な主張ではないことを認識すべきだろう。核の傘など不要な真の安全を望んでいるとアピールし続け、仲間を増やしていく必要がある。

ガンジーもキング牧師も自身の命と引き替えに行動して、世界を変えた。そう考えると、私もいずれ死ぬなら効果的に死にたいものだ。世の中のお役に立つような死に様を見せるというのもありかもしれないと、国会の前でプラカードを掲げて座り込みもしてみた。「いいわよ、今度やるときは私にも声をかけてちょうだい」と言ってくれる、軍需工場で一緒に作業した友人も何人かいる。

草の根から生まれる真の国際貢献

戦争、そして核兵器の使用は絶対にダメだ！　と叫んだだけで本当に回避できるのだろうか。そう思い詰めた私が、自分にできることをしたいと駆り立てられたのが、まさに湾岸危機後のボランティアである。

そしてカンボジアやネパールに学校をつくり続けて二十五年。自分だけ安全ならばよいという一国平和主義はまかり通らず、国を守るためには、どの国とも仲良くしようという全方位外交を基本にするしかないと確信してきた。

話し合いには多くの時間と手間がかかる。しかし誠意をもって話し合った結果、自分たちの命だけでなく、地球を破滅から救うことができれば、そのほうがはるかにすばらしい。平和とは、共存して初めて成立するのだから。

とはいえ、無力な私には大それたことはできない。だから、自ら汗を流すボランティアを始めたわけだが、八十八歳となった今、さすがに現地へ赴く体力は減少した。あとは未来を生きる若者たちに託すのみ。しっかりと手を組んで平和のために行動できるよう育てていきたい。

それでいいのだと思っている。個人にできる範囲で精いっぱいの姿勢を見せ続ければ、同じ思いの個人と海を越えたネットワークをつくることでき、大きな力となるということを、私は還暦以降の人生でイヤと言うほど実感している。

たとえばアメリカでは、一九七七年にカーター元大統領の提唱で、フレンドシップフォースという国際交流団体が生まれた。国の違う市民同士が一定期間、ホームステイなどで生活を共にして相互理解を深め、世界平和を実現しようという趣旨で、アトランタに国際本部をつくり、日本各地にも支部が置かれている。

八〇年代、熱海の我が家にも、私より十歳ほど年下の女性がふたり、バーバラとアニタがやってきた。

その頃、息子は東京で暮らしていたから、我が家は母と私、そして住み込みのお手伝いさんと助手さんの女だらけ。そんな中に女性ふたり組が仲間入りしたものだから、言葉の壁はあったものの、すっかり仲良くなった。いよいよサヨナラというときには、母と強くハグして、「私たちはあなたの娘だと思ってください」と帰っていったほどだ。母は英語が分からなくても、彼女たちの言葉の意味を知ったので、「あらー、私はいつ青い目の娘を産んだのかしら」なんて冗談を言いつつも、涙を流して喜んでいた。

その後、私は偶然にも、アトランタに本社のあるコカ・コーラ社提供の二時間ドラマをＴＢＳで執筆することになり、〝フレンドシップフォース〟を取り上げた。アメリカロケの部分には、バーバラたちのお友だちも友情出演してくれるなど、いろいろとお世話になった。

以来、親戚以上に親戚らしいお付き合いができたのは、フレンドシップフォースを通じた出会いのおかげである。

このグループはさまざまな国の人々と草の根で交流していくことで、いざ有事を目の前にしたとき、「私たちが仲良くなった人たちの住むあの国と戦ったり、あの街が焼けてしまうのはイヤだわ」と声をあげる。これもまた、平和を望むひとつの国際貢献である。

だからこそ、ＪＨＰでの大学生ボランティアの派遣はやめるつもりはない。

ただ最近は、年を重ねた私が同行できなくなった場所もあり、学生たちのボランティア熱も高低があると感じたり。ＪＨＰが負担する活動資金も厳しくなってきている。

一方で、大学生ではない大人にも声をかけてほしいという要望もあって、二〇一七年には、十六歳以上と広い世代を対象にした十日間のボランティア・ツアー「カンボジア体験ボランティア」なるものを、夏休み期間に合わせて試験的に行った。高校生の子どもと一緒に参加し絆を深めた親子もいたりして、なかなか有意義なものになったようだ。

こうして丁寧に会を続けていくことが私の責務ではある。私は名前だけの代表として、週に一度だけ事務所に行き、私に会いたい、相談したいという学生やドナーさん（活動資金を提供してくださった方）たちの相手をするくらいが老体にはちょうどいい。

それにもうひとつ、私にはやるべきことがある。死ぬまでにあと一本、ドラマを書きたいのだ。

というのも、私はＪＩＣＡが毎年行っている「国際協力中学生・高校生エッセイコンテスト」の名誉審査委員長を務めているのだが、授賞式で「あの金八先生の脚本家です」と紹介されても、子どもたちはキョトンとしている。逆に親たちのほうが寄ってきて、「中学生のときに観ていました！」とサインや写真を求めてくれる。

だからまだしばらくは通用しそうではあるが、以前は〝金八の小山内さん〟というだけで話が通じたことに対しても、今はそのご威光が薄れつつあるのを感じている。

ゆえに、脚本家としての賞味期限を延ばすことも、ＪＨＰを存続するために大切な、私の仕事のひとつなのである。

死ぬ前にあと一本。若者が弾けるようなドラマを

世の中、〝終活〟ブームである。終活ってなんなんだ？　どうも〝死に支度〟のことらしい。

今、私は八十八歳。立派なものである。まさか、こんなに長生きするとは思いもしなかった。

私の母は九十一歳で亡くなった。「お母様の年までは長生きしなきゃダメですよ」と、八十になったときに周りから言われたものだが、私にはとても無理だと思った。

なぜなら、母には私という実の娘がいたからだ。若いときから孝行娘とはとても言えなかったが、年をとると男性では分かってもらえない部分も、娘なら理解し、細やかにサポートできる。

振り返ってみれば、私は母の老後に対してずいぶん過保護だったように思う。母が七十七歳のとき、調子が悪いからと熱海に小さな家をつくり、「帰らない」と言われれば大きな家に建て替えた。温泉を引いたお風呂には、風呂場で倒れたら怖いからと必ず一緒に入っていた。

しかし私には、一緒に入浴してくれる人はいない。息子は奥さんと仲良しだから、そこを裂いてまで「私の面倒をみて」と言う気もない。

それに、老いを感じ始めた七十代半ばくらいに癌が発見されて手術もしたので、私の寿命もあとわずかだろうと信じていた。

にもかかわらず、あと三年で母の年を越えるところまできた。そのことにはたと気づき、えらいところまできちゃったな、と急に怖くなってきている。

正直、私は〝終活〟と呼ばれるようなことは具体的にはなにもしていない。強いていえば、以前暮らしていた五ＬＤＫの庭付き一戸建てを売り、もう少し小さなマンションを購入して引っ越し、葬式代を確保したくらい。息子も「借金は困るけど、それ以外はなにも残してくれなくていい」と言っている。

食生活に関しても、周りのみんなが気遣ってはくれているけれど、先日は初めて食べたインスタントのお味噌汁のおいしさに驚いたほどだ。

いくらか心残りがあるとすれば、隣に姪《めい》が住んでいるとはいえ、同居人はいないため、今の自宅に飾ってある調度品たちがどれほどの古さで大事なものか誰にも正確に伝わっていないことかもしれない。

とにもかくにも、成し遂げようと思っていることは、少なくとも一本、ドラマを書くことだけ。ずいぶん前にオファーをいただいていたが、ようやく最近、重い腰を上げた。

ドラマの主人公は、もちろん子ども。もしくは、その子の家庭でもいい。

スポーツのような遊びでも夢中になれば転びもしよう、くじいた脚を引きずって帰ってくると、親は心配する。「そんなことをするより塾へ行きなさい」とガミガミ。

それでも、子どもはやめない。なぜか？　楽しいからだ。

そこに私は、子どもから楽しみを奪ってはいけないというメッセージをドラマに込めるのだ。じゃあ、あなたは自分の子どもはどうあるべきだと思っているのですか？　もしも子どもに聞かれたとき、的確に答えられますか？　と。

時には、友だち同士、木の棒でチャンバラをして、痛い思いをすることもあるだろう。

「わざとじゃないけど、ごめん」

「大丈夫だって」

「でもお前のところ、お母さんがうるさいから、絶対うちに文句を言いに来るよ」

「いや、言わせないから」

ドラマでは、そんな友情もあるかもしれない。それから、かわいい女子に「どうしたの？」なんて声をかけてもらえるかもしれない。主人公の兄貴分や、はたまた私みたいなおばさんが顔を出してもいい。

また、部活の若い教師もいろいろ葛藤を抱えていたりして、そんなさまざまな人間模様がある中で、主人公の中学生が、「今日は大きな外国人と戦ったよ！　そして勝っちゃった！」と弾けるような笑顔で我が家に帰ってきてほしい。

今日は小言のひとつでも言おうと待ちかまえていた親も、思わず認めざるを得なくなるような、生き生きとした姿を描けたら嬉しい。

ニセ娘たちとの心穏やかな日々

二〇一七年の終わり頃、急に体調を崩し、しばらく入院することになった。おかげさまで大事には至らなかったが、年も年。本人はそれほど弱っているつもりはなかったが、よもやこれで終わりか、と周囲は相当心配したようだ。

今のマンションに引っ越し、それまで二十数年一緒に暮らしていたお手伝いさんも隠居することになってから、平日はふたりのスタッフが交代で私の身の回りの世話や食事の支度をしてくれている。しかし、日曜日は諸事情により私ひとりである。

お隣さんには特別支援校高等学校の校長先生をしている独身の姪っ子も住んでいるので、日曜日くらいひとりでも大丈夫だと言ったのだが、息子はどうしても不安だったらしい。

日曜日に私のもとへ来てくれる人がいないか周囲に呼びかけたりして、ちょっとビックリしていると、次の日曜日には、今後の打ち合わせを兼ねて、四人の女の子たちが我が家にやってきた。女の子といっても一番上は五十歳であるが、日曜日ごとに交代で来るという。そのうちのひとりは、さらに八人組までつくってありますから、と胸を張る。

いくらなんでも、一週間に一度、ひとりずつなら、ひと月にせいぜい四人。いったいいつまで続けるのだろうと苦笑したものの、それほど心配されているのだと思えば、私もみなを安心させる程度には元気を取り戻さねば、と気合いも入るというものだ。

メンバーは、3年B組の生徒のひとりで、今はもうお母さんになっている子あり、学校をつくる会で一緒にカンボジアに行った子ありと、さまざま。もっと小山内先生からいろんな話を聞いておきたいんだ、とかわいいことを言ってくれる。

だから、ついつい私の舌も滑らかになる。なぜ海外ボランティアをやるようになったのか。初めて学生をカンボジアに連れていったときにはどんなことが一番困ったのか。

また彼女たちからも、当時の懐かしい思い出が飛び出したりして、話が弾み、あっという間に一日が終わっている。時には、「今日は夕ご飯も一緒に食べていきます」「お風呂も入っていきます」「あ、泊まっちゃいます」なんて日もあり、なかなかに騒がしい。

そして気づけば、そんな日曜日の交流を楽しみに待っている私がいるのである。

それだけでなく、一年に何人か、定期的に顔を出してくれる子たちもいる。JHPの事務所に行けば、「先生に赤ちゃんを抱っこしてもらいたくて」と、かつての学生ボランティアが遊びに来てくれることもある。

女優の名取裕子《なとりゆうこ》からもつい最近、面白い手紙が届いた。

「カルガモは卵からかえると、初めて見たものを自分の親だと思って、その後ろをついていきます。私は先生の後ろをついて歩いて四十年。叱られたり褒めてもらったりしながら、ここまできました」

彼女が十九歳のときからのお付き合いだが、母親と早くに死に別れていた彼女にとって、私はカルガモの親なんだとか。

ああ、私には娘がいないからきっと早くに死ぬとばかり思っていたが、どうやら〝ニセ娘〟たちがたくさんいたらしい。

かと思えば、ほどよい距離感であったはずの息子も、誰も当番に来られない日曜日にはひょっこりやって来て、「今日は僕が泊まりますからね」と想定外の面倒見のよさを発揮してくれることがある。

まさか夕飯を食べ終わったあとにお皿を下げて洗い物までするとは！　これは奥さんに仕込まれたのだろうか、と驚きを隠せない。

が、それもよし、と甘えられるところは甘えておこう。

第四章

日本人へ　——私の遺言

28年間続けてきたボランティアで、多くの笑顔に出会えた

おわりに

改めて、私は八十八歳だ。

還暦を迎えて、二十八年。こんなに長生きをする予定ではなく、シナリオライターとしての仕事を休んでまで、難民のケアや学校づくりにいそしむ老後になるとは予想だにしていなかった。

しかし、おかげさまでさまざまな出会いに恵まれ、私にはニセ娘が大勢いる。あっちの世界に逝っちゃうはずが、そのたびに三途の川から引き上げてもらっていたようだ。つまり、今の命はみなからいただいたものだと、今さらながらに納得し、感謝をしている。

母が亡くなった年まであと三年。もちろん、そこまで生きられるかどうかはまだ分からない。しかし人はいずれ死ぬのだから、慌てることもない。

それでも、いろいろと言ってきてくれる人はいるけれど、商売柄、口先だけなのか、心からの言葉なのか分かってしまうというのは困ったものである。

だから、いつ逝くとか、いくつまでになにをするというのは、ここまでくれば、どうだっていい。余生はジタバタせずに、ゆっくりと。

そして最期には、「お疲れさまでした」と言ってサヨナラすればいいんだなぁ、と今思いつつ、この続きはまた別のドラマにしましょうか？

人生は還暦から！
終活なんてまだまだ早い！

2018年10月29日　初版発行

著者	小山内美江子
発行人	藤原 寛
編集人	松野浩之
構成	ヨダヒロコ（六識）
ブックデザイン	albireo
イラストレーション	下杉正子
DTP	西本レイコ
撮影	高野広美
ヘアメイク	萩村千紗子
企画・編集	吉田元夫　新井 治
発行	ヨシモトブックス 〒160-0022 東京都新宿区新宿5-18-21 03-3209-8291
発売	株式会社ワニブックス 〒150-8482 東京都渋谷区恵比寿4-4-9 えびす大黒ビル 03-5449-2711
印刷・製本	シナノ書籍印刷株式会社

　ISBN 978-4-8470-9719-5

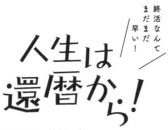